CW00506188

G. Biedermann

Kant's Kritik der reinen Vernunft

G. Biedermann

Kant's Kritik der reinen Vernunft

1. Auflage | ISBN: 978-3-75250-737-9

Erscheinungsort: Frankfurt am Main, Deutschland

Erscheinungsjahr: 2020

Salzwasser Verlag GmbH, Deutschland.

Nachdruck des Originals von 1869.

KANT'S

KRITIK DER REINEN VERNUNFT

UND DIE

HEGEL'SCHE LOGIK

IN IHRER BEDEUTUNG FÜR DIE

BEGRIFFSWISSENSCHAFT

VON

DR. MED. et PHILOS. G. BIEDERMANN.

PRAG, 1869.

Vorwort.

Die hervorragende Bedeutung Kant's und Hegel's
für die Philosophie unterschätzen, heisst die Philosophie
selbst unterschätzen. Auch werden die beiden Denker-
fürsten mit vollem Recht einander zugesellt. Sie gehören zusammen, wie Plato und Aristoteles zusammen
gehören, wie überhaupt die Ersten überall einander
fordern und ergänzen.

An der Kritik der reinen Vernunft hängt der
Name Kant's; Hegel's Schwerpunkt liegt in der Logik.
Diese Kritik und diese Logik — das sind aber die zwei
Hauptwerke der neu erstandenen Wissenschaft, auf
welche Jeder zurückkommen muss, der die Wissenschaft
in ihrer letzten Entwickelung begreifen und sie weiter
bringen will. Und so soll denn auch hier die Erbschaft unserer grossen Ahnherrn angetreten, auch hier
ihr bleibender Werth dargelegt werden, obschon nicht
ohne den Versuch, auf das Bedürfniss einer vor-
geschritteneren Ausführung hinzuweisen.

I.

Hören wir den Namen Kant aussprechen, klingt es gerade
so, als riefe man uns: Philosophie zu. Und sagen wir, dass die
Kritik der reinen Vernunft zu einem Fortschritt den Anlauf
nimmt, wie sich die Philosophie zu einem solchen seit dem Ab-
lauf der griechischen Wissenschaft nur noch ein einzigesmal
aufschwingt; so möchten wir damit schon im Vorhinein auf
unsere Ansicht über ihren hohen Werth hinweisen.

In zwei weltgeschichtlichen Erscheinungen nimmt sich die
Vergangenheit der Philosophie zusammen: in der des Alter-
thums und in der des Mittelalters. Bezeichnet man behufs einer
vorläufigen Abgrenzung die erstere als griechische Philosophie,
so könnte man die letztere die lateinische heissen. Doch wären
das eben auch nur äusserlich bemessene Eintheilungsunterschiede.
Was den einen oder den andern Theil zu einem in sich abgeschlossenen Ganzen macht, das könnte doch nur die ihm vom
Weltgeiste zu Grunde gelegte, ihrem Wesen entsprechend in
ihm auseinandergesetzte, in ihrem Ziele und Zwecke darin ver-
wirklichte Idee sein.

In diesem Sinne gibt sich aber die griechische Philosophie
als die Wissenschaft des Verstandes zu erkennen, wie sie sich
im sinnlichen und übersinnlichen Bewusstsein, endgültig aber im
Selbstbewusstsein darlegt. Denn nur darin bringt sie es zum
Begriffe, im Höhenpunkte ihrer Wissenschaftlichkeit zum Begriffe
der Vorstellung, zur Platonischen ἰδέα, die trotz aller Uebersinnlichkeit niemals einen durch das Bewusstsein ermittelten Inhalt überschreitet. Kennt doch selbst Aristoteles den Gedanken
nur als Satz, das Denken nur als sprachliche Auseinandersetzung, die sich in bestimmten Schlussformen gipfelt; fehlt doch

dem Griechen überhaupt für den Begriff des Denkens die das
Denken vom Bewusstsein als selbstständig unterscheidende, das
Denken selbst ausschliesslich bestimmende Bezeichnung.

Welcher Begriff des Geistes das Wahrzeichen für die Philosophie des ganzen Mittelalters hergeben, wie es die Wissenschaft der Vernunft, die Wissenschaft des denkenden Geistes
sein werde, welche sich aus ihrem bisherigen Bewusstsein heraus-
arbeitet und den Begriff des Denkens zu ihrem wesentlichen
Inhalte erhebt, ist daher leicht vorauszusehen. Zwar die pa-
tristisch-scholastische Philosophie, sammt der sprachwissenschaft-
lich bedingten, auf Naturwissenschaft gegründeten und durch
Erfahrung vermittelten Denkweise ihrer von einem theologischen
Standpunkte mehr unabhängigen Nachfolger, pflegt man im Hinblick auf einen solchen wissenschaftlichen Fortschritt mit Recht
nicht sehr hoch anzuschlagen. Gleichwohl sollte man es sich
doch überlegen, einerseits den philosophischen Geist vor Descartes für gar so umnachtet zu halten, um ihn von jeder Theil-
nahme an der Entwickelung des Denkbegriffes auszuschliessen;
andererseits Descartes, Spinoza und Leibnitz so weit zu über-
schätzen, um ihnen einen von ihren unmittelbaren Vorfahren
wesentlich unterschiedenen Entwickelungsfortschritt in der Begriffsbestimmung des Geistes zuzugestehen. Denn dass Kirchenväter und
Scholastiker den Begriff des Denkens ganz unbefangen an dem verwandten Begriffe des Glaubens heranbilden, ihre Nachfolger aber
das Denken innerhalb sprach- und naturwissenschaftlicher Erkenntniss, ja selbst innerhalb der Erfahrung eines wissenschaftlichen Bewusstseins zum Gegenstand der Wissenschaft machen,
schliesst sie doch nicht von dem Begriffskreise jener Philosophen
aus, welche sich dem Denken in seinem An- und Fürsichsein
zuwenden. Noch viel zu wenig hat man die Philosophie des
Mittelalters auf den Begriff des Denkens geprüft, noch viel zu
wenig diesen Begriff selbst im Hinblick auf seine hervorragende
Bedeutung für die Wesensbestimmtheit des Geistes abgewogen,
um über diese weltgeschichtliche Entwickelungsstufe der Philosophie und diesen für sie massgebenden Begriff aburtheilen zu
können.

Die Berechtigung dieses Unterschiedes und dieser Kennzeichnung der angeführten zwei Hauptentwickelungstheile der Philosophie aber zugegeben, wie nahe liegt der Gedanke, indem neben der griechischen und lateinischen Philosophie die deutsche den Weltschauplatz betritt, mit Kant eine neue Hauptgeschichts-epoche der Philosophie zu eröffnen, da er es eben ist, wie es sich zeigen wird, welcher zu den den Geist bestimmenden Haupt-begriffen des Bewusstseins und Denkens den des Wissens auf-ruft. Denn lässt sich auch der unmittelbare Begriff des Wissens in der Denkweise mittelalterlicher Wissenschaftlichkeit nach-weisen, ja schlägt derselbe bereits in dem wissenschaftlichen Bewusstsein der griechischen Philosophie die Augen auf; trägt der Geist überhaupt von Haus aus alle Keime seiner möglichen Entwickelung in sich, ja wagt er sich, ohne erst die völlige Durchführung der tieferen Entwickelungsstufe abzuwarten, be-reits an die höhere heran — dieses naturwüchsige Wissen des Bewusstseins und Denkens hatte doch keine Ahnung von seinem eigenen Begriffe, von seinem Fürsichsein und von seiner eigen-thümlichen Entwickelungsfähigkeit.

Und der nach der ganzen Breite seines Inhalts ausgetragene Begriff des Bewusstseins, Erfahrung und Erkenntniss, und diesem angeschlossen der Begriff des Denkens, das ist denn auch die Erbschaft, welche die Kritik der reinen Vernunft antritt. Ge-steht sie aber in Betreff des ersteren, in Uebereinstimmung mit Baco, dem Begriffe selbst nur so weit objective Geltung zu, als derselbe durch Erfahrung und Bethätigung beglaubigt erscheint, lässt sie mit der Erfahrung alle Erkenntniss anfangen, ebenso alles Denken, alle Begriffsbestimmung immer wieder auf Er-fahrung zurückkommen; so verwahrt sie sich doch sofort gegen die Anmassung, als ob Erfahrung unter irgend einem Titel das Denken zum Inhalte ihrer Erkenntniss machen könnte. Un-bedingt pflichtet sie Berkeley bei, welcher die Vorstellung der Sensation durch eine von den Dingen unabhängige, übersinnliche Thätigkeit zum Bewusstsein bringen, die Beschaffenheit der Dinge nicht sowohl ausser uns, sondern in uns, als unsere Em-pfindung, Wahrnehmung und Vorstellung finden will; unbedingt fordert sie mit Hume, unsere Erkenntniss nicht sowohl nach den Dingen, vielmehr das Ding nach unserer Erkenntniss zu richten.

Damit in Uebereinstimmung nimmt sie denn auch in Betreff der Denkungsart die veränderte Methode für sich in Anspruch, von den Dingen nur das apriori zu erkennen, was das Denken selbst in sie hineinlegt, also im Unterschiede des erfahrungsgemässen ein reines Denken, welches zwar so von sich selbst nichts wisse, aber doch die Frage nach der Möglichkeit seiner Thätigkeit als durch den Begriff unmittelbar verwirklicht erledige. —

Die Kritik der reinen Vernunft unterscheidet aber zwei Haupttheile ihrer Wissenschaft, wovon der eine die Elemente, die Materialien, das Bauzeug, der andere die Methode, den Plan enthält.

Da nun die Elemente selbst zweierlei seien, Sinnlichkeit und Verstand, Erfahrung und Denken, Vorstellung und Begriff, als diese zwei Stämme aller Wissenschaft, die vielleicht aus einer gemeinsamen, uns leider unbekannten Wurzel entspringen, aus deren Beziehung, Zusammenhang und Vereinigung aber gleichwohl alle Wissenschaft hervorgeht, so trete die Elementarlehre diesen Elementen entsprechend als Aesthetik und Logik auseinander.

Die Kritik der reinen Vernunft ist aber die Einführung einer von aller unmittelbaren Erkenntniss der Gegenstände gereinigten, transscendentalen, auf die Erkenntniss selbst, namentlich auf das Denken gerichteten Wissenschaft, welche die empirische Aesthetik, die formale Logik und die hergebrachte Methode der Analyse und Synthese als bekannt voraussetzt. Nur um eine Wissenschaft aus Begriffen apriori sei es ihr zu thun.

Ihren Standpunkt kennzeichnet die Kritik in der Vorrede sofort als den der Auflehnung wider die gangbare Metaphysik, wider den wurmstichigen Dogmatismus, welcher die Vernunft durch den Verstand zum Begriffe bringen will, somit wider ein angeblich aposteriori wissbares Denken. Diese Herkunft aus dem Pöbel gemeiner Vernunft sei dem Denken nur angedichtet; die Kritik der reinen Vernunft sei eben eine Kritik des aller Erfahrung ledigen Denkvermögens.

Einleitungsweise werden sodann, die eigentliche Entwickelung der Kritik vorbereitend, nachstehende Grundsätze als massgebend aufgestellt.

1. „Die Kritik unterscheidet aposteriorische und apriorische Erkenntnisse als die zwei ursprünglichen Quellen aller Erkenntniss, als die zwei gegenüberstehenden Angeln, als die zwei für sich bestehenden Kammern des Geistes. Denn alle unsere Erkenntniss fange wohl mit der Erfahrung an, entspringe aber nicht alle aus der Erfahrung, vielmehr haben selbst Erfahrungserkenntnisse einen apriorischen Zusatz, während apriorische Erkenntnisse schlechterdings von aller Erfahrung unabhängig stattfinden." Und da muss denn die Begriffswissenschaft sofort unumwunden bekennen, von einer solchen dem Geiste angeborenen Entzweiung nichts zu wissen, aber auch von einer Vermittlung des Denkens zwischen Vorstellung und Begriff nichts wissen zu wollen, „welche eine unübersehbare Kluft zwischen dem Sinnlichen und Uebersinnlichen befestigt, so dass von dem ersteren zum andern kein Uebergang möglich ist, gleich als ob es so viel verschiedene Welten wären," dabei aber doch dem Uebersinnlichen einen apriori, sie weiss nicht wie, gegebenen Einfluss auf das Sinnliche erhalten will. Auch erweist sich gerade das Entgegengesetzte als wahr und richtig, indem wohl alle Erkenntniss mittel- oder unmittelbar aus der Erfahrung hervorgeht, keineswegs aber mit der Erfahrung zugleich entsteht. Denn einerseits geht das Denken, das doch mit zu „aller Erkenntniss" gehört, weder mit der der Erfahrung beigezählten Empfindung und Wahrnehmung, noch mit der Vorstellung nothwendigerweise einher, es können Empfindung, Wahrnehmung und Vorstellung ohne zu denken stattfinden; andererseits, trotz allem An- und Fürsichsein des Denkens, trotz aller Abgezogenheit des Begriffes, weist ja Denken und Begriff jederzeit auf seine mittelbare Herkunft aus der Erfahrung hin. Sind doch selbst die Denkgesetze der Natur abgelauschte Gesetze, geistig übertragene Naturgesetze; bleibt doch selbst in dem geistigsten Begriffe sein Zusammenhang mit der ihn vorbereitenden Vorstellung und dadurch mit dem Erfahrungsinhalte aufrecht erhalten. Es kann daher gar keine schlechterdings reine apriorische Erkenntniss geben, wie es denn auch nur einen einzigen Ausgangspunkt des Geistes gibt, das sinnliche Bewusstsein, von dem aus sich alle Wissenschaft im ununterbrochenen Fortgang

entwickelt: aus dem Bewusstsein zum Denken, vom Denken zum Wissen; aus der Vorstellung zum Gedanken, vom Gedanken zum Begriffe. Ueber die Herkunft des Begriffes weiss aber die Kritik selbst nur so viel zu sagen, dass derselbe, obgleich einzig und allein in der Erfahrung objectiv nachweisbar, gleichwohl apriori, als Erstes, Ursprüngliches, spontan Gedachtes, ohne seine Entwickelung aus dem Gedanken erweisen zu können, gleichsam vermöge einer generatio aequivoca da sei. Der Grund zu dem Begriffe werde uns eben angeboren, als die Empfänglichkeit des Geistes, seiner subjectiven Beschaffenheit gemäss eine Vorstellung zu bekommen, als die blos logische Function des Begriffes, im Grunde also als der leere, reine Begriff selbst. Wie einerseits von Haus aus die Fähigkeit der Empfindung, gerade so bringe der Geist andererseits die Möglichkeit des Begriffes mit zur Welt. Dafür wird um so mehr auf die ursprüngliche Einheit alles Inhaltes der Nachdruck gelegt. Den gesammten Inhalt der Wissenschaft erschöpfe und umfasse gewissermassen bereits die Erfahrung. Das Denken sei nur eine andere Form desselben, das Wissen nicht minder. Aber dann müsste man ja gerade folgern, dass wie in der Erfahrung die Keimstellen allen Inhaltes, so in ihr wohl auch die aller Formen, so in ihr überhaupt die Keimstellen aller Wissenschaft nach Inhalt und Form werden liegen müssen, dass es wie ursprünglich nur einen Inhalt, ebenso ursprünglich nur eine Form, dass wie ursprünglich keinen apriorischen Inhalt, es eben so wenig ursprünglich eine apriorische Form geben könne.

2. „Nothwendigkeit und Allgemeinheit sind die sicheren Kennzeichen einer Erkenntniss apriori, wodurch sich der Begriff von der Vorstellung als dem aposteriorischen Erkenntnissmittel abhebt." Nur dass dieser Unterschied nicht Vorstellung und Begriff geradezu auseinanderreissen, dem Begriffe selbst etwa unbedingte Nothwendigkeit und Allgemeinheit zutheilen wolle. Denn die Allgemeinheit des Begriffes besteht doch nur darin, dass er einerseits alle ihm zugewiesene Einzelheit und Besonderheit seines Gedankeninhaltes in sich zusammengreift; andererseits diesen seinen Inhalt im Urtheile vollgültig heraus- zusetzen weiss. Seinem Gedankeninhalte nach bestimmt bleibt

er so selbstverständlich begrenzt. Aber auch das vollgültige
Urtheil jedes Begriffes lässt etwas zu wissen übrig, was einem
andern Begriffe herauszusetzen vorbehalten bleibt, und selbst der
letzte, höchste Begriff schliesst durch die unendliche Entwickelungsfähigkeit seiner Idealität jede ein für allemal gültige Allgemeinheit aus. Dagegen, besteht die wesentlich unterschiedene
Nothwendigkeit des Begriffes darin, dass er sich zu erschliessen
und zu beweisen wisse, so hat die Vorstellung von dieser Folge-
richtigkeit und Nöthigung allerdings nur sehr wenig an sich.
In dem einen, wie in dem andern Falle könnte aber der Begriff, im Vergleiche mit der Vorstellung von der Gesetzlichkeit, als der einheitlichen Bestimmtheit aller Nothwendigkeit
und Allgemeinheit, doch nur ihre ausgeprägtere Form in Anspruch nehmen.

3. „Die Philosophie bedarf einer über die Erfahrungswissenschaften und über die sogenannten exacten Wissenschaften
hinausgehenden Begriffswissenschaft, welche sie eben selbst ist;
die Wissenschaft bedarf des Begriffes, um Wissen zu werden
und um das Schöpferische dieses Wissens beweisen zu können."
Allerdings; aber alsdann darf am wenigsten der Begriff blos als
eine neue Form des bereits erfahrenen und gedachten Inhalts
angesehen, alsdann muss der Begriffsinhalt selbst als eine neue
Schöpfung der Wissenschaft zugestanden werden. Der Begriff
Gottes, z. B. Gott als Geist bestimmt, bringt der Wissenschaft mit
der neuen Form einen neuen Inhalt zu, welchen die Vorstellung
kaum ahnt. Ueberhaupt gibt es keinen leeren Begriff; selbst an
und für sich hat der Begriff am Urtheil seine Inhaltsbestimmtheit.

4. „Der Unterschied von analytischen und synthetischen
Urtheilen hat aber wissenschaftlich den Unterschied von Denken
und Wissen zu kennzeichnen. Analytisch heisst das Urtheil,
wenn es das heraussetzt, was unmittelbar im Begriffe bereits
gedacht ist, während das synthetische Urtheil den gedachten
Inhalt dadurch erweitert, dass es seinen begriffsgemäss aus-
einandergesetzten Inhalt im Schlusse zu einer vorgeschrittenen
Begriffseinheit erhebt." Das analytische Urtheil führt sich so
als das Urtheil des Begriffes, das synthetische Urtheil als Schluss
des Urtheils ein.

5. „In allen theoretischen Wissenschaften stossen wir auf Begriffs- und Schlussurtheile, aber in der Philosophie handelt es sich um die Denkbarkeit des Urtheiles überhaupt." Nur freilich nicht, wie die Kritik will, in dem Sinne, dass sich der reine Begriff dem Denken anschliesse, sondern dass vielmehr umgekehrt das unmittelbare Urtheil als Gedanke zum Begriffe komme.

6. Die eigentliche Aufgabe der Vernunft wird aber in der Frage aufgeworfen: wie denn synthetische Urtheile apriori möglich seien?

Und mit dieser Frage nimmt Kant dem Wissen allerdings das Siegel von dem Munde, mit dieser Frage führt er den Begriff des Wissens in die Wissenschaft ein. Wie ist ein erweitertes Urtheil im Denken möglich, und zwar erweitert nicht von Seite der Erfahrung, sondern von Seite des Begriffes, wie ist durch das Denken, abgesehen von aller Erfahrung, etwas zu wissen möglich, wie ist Wissen möglich — das ist die Frage.

Darauf antwortet die Kritik im Vorhinein: Möglich sei es wohl, dass das Denken zum Wissen gelange, indessen wirklich wissen wir durch das Denken und vom Denken selbst doch nur etwas, sofern es sich an der Erfahrung bethätigt erweise. Vom Denken an und für sich sei nichts zu wissen als leere Begriffe; von Seite des Begriffes sei nur ein formales Wissen möglich; der Begriff bleibe daher so wie so mit seinem Inhalt an die Erfahrung und an ein erfahrungsgemässes Denken angewiesen. Der Begriff des Wissens wird gefordert, seine Stellung angedeutet — aber der Platz bleibt leer, das Wissen kommt nicht zum Begriffe.

7. Die Kritik der reinen Vernunft soll aber auch nur auf die blosse Idee einer Begriffswissenschaft hinweisen, sie soll die dereinstige Begriffswissenschaft vorbereiten.

A. Transcendentale Elementarlehre.

I. Transcendentale Aesthetik.

(Der Begriff in seinem Verhältnisse zum Bewusstsein.)

Die Apriorität wird zunächst in einem für die ganze Sinnlichkeit nothwendigen und allgemein gültigen Begriffspaare, und damit in dieser ihrer Gesetzlichkeit vorgeführt. Die Begriffe, welche aber apriorisch zum Inhalte des Bewusstseins hinzutreten, das sind die Begriffe des Raumes und der Zeit. Denn wir haben wohl eine Vorstellung vom Raume, der Raum ist etwas Reales, aber wir sollen die Vorstellung doch nur erreichen können, sofern ihr der Begriff des Raumes, seine Idealität zu Grunde liegt, so zwar, dass der Raum nichts sei, sobald diese Bedingung der Möglichkeit aller Erfahrung ausfällt. „Lasset von euerem Erfahrungsbegriffe eines Körpers Alles, was daran empirisch ist, nach und nach weg: die Farbe, die Härte oder Weiche, die Schwere, die Undurchdringlichkeit, so bleibt doch der Raum übrig, den er, welcher nun ganz verschwunden ist, einnahm, und den könnt ihr nicht weglassen."

Wie, wir sollten mit dem Gegenstande nicht zugleich den Raum, welchen er einnimmt, vergessen, den Raum überhaupt nicht wegdenken können? Erfahrung und Erkenntniss sprechen wenigstens nicht dagegen, „denken kann ich mir aber Alles." Und bleibt der Raum, welchen ein Gegenstand eingenommen hatte, übrig, so ist der Gegenstand eben bis auf seinen Raum verschwunden, welcher ihn möglicherweise immer noch wie sein Schattenbild, wie im Umrisse kennzeichnet und vorstellt; und ist der Raum auch kein Gegenstand, möglich ist er doch nur mit und an den Gegenständen, so zwar, dass, wenn es keine Gegenstände, es auch keinen Raum gäbe.

Dasselbe gilt von dem vor aller Erfahrung im Bewusstsein vorhandenen Begriffe der Zeit, welcher erst ihre Vorstellung möglich machen soll, während sich doch jederzeit und überall die Entwickelung des Begriffes durch die der Vorstellung bedingt findet.

Auffällig bleibt es, dass Kant den Begriff der Bewegung, obwohl er dessen Gemeinsamkeit für die beiden Begriffe des Raumes und der Zeit, und damit seine grössere Allgemeinheit und Nothwendigkeit anerkennt, gleichwohl als von der Erfahrung herrührend behauptet, wie wir denn überhaupt heutzutage den in seinem Unterschiede als Dasein und Werden herausgesetzten Begriff des Seins als den ersten und letzten aus dem Bewusstsein hervorgegangenen und für das Bewusstsein selbst, freilich nur in seiner besondern Bestimmtheit nothwendigen und allgemein gültigen Begriff denken müssten.

Wodurch soll aber, trotz aller Erfahrung und allem Bedenken, die Apriorität der Begriffe des Raumes und der Zeit dennoch bewiesen werden?

In allen theoretischen Wissenschaften kommt eine grosse Zahl apodictischer, synthetischer Sätze vom Raume und von der Zeit vor. Aus der Erfahrung könne man sie nicht nehmen, denn die Erfahrung gibt keine unbedingte Allgemeinheit und Nothwendigkeit, daher müssen sie im Begriffe gegeben sein, der allerdings, setzen wir hinzu, durch den Beweiss, der ihm allein zusteht, uns diese Gewissheit verschafft. Eben deswegen könne aber der Begriff selbst nicht aus der Erfahrung herrühren, sondern müsse apriori gegeben sein.

Die Unzulässigkeit dieser Schlussfolgerung liegt auf der Hand. Zunächst: der Begriff der Allgemeinheit geht doch wohl ursprünglich aus dem Begriffe der Besonderheit der einzelnen Fälle hervor, wie solche die Erfahrung zubringt, von da erhebt er sich erst durch die Vermittelung des Denkens zu einer alle möglichen Besonderheit umfassenden Geltung. Dasselbe gilt von dem Begriffe der Nothwendigkeit, den wir, wie den Begriff der Gesetzlichkeit überhaupt, zunächst aus der Gleichartigkeit vorgekommener Fälle schöpfen. Das heisst aber schon darauf hinweisen, dass der Begriff überhaupt zunächst in der Erfahrung wurzle, folglich auch der reine, von aller Erfahrung gereinigte, durch das Denken unmittelbar vermittelte Begriff auf die Erfahrung zurückführen müsse, wie denn ja Kant diese seine nachträgliche Bethätigung und Verwirklichung ausdrücklich fordert. Auch müssen wir hier schon fragen, worin denn die Apriorität des reinen Begriffes bestehe. Etwa in seiner logischen Form, in dem An- und Fürsichsein des Begriffes? — Im Gegentheil, der reine Begriff der Kritik als der transcendentalen Wissenschaft und der Begriff der Logik als einer blossen Formlehre, das sei zweierlei, sofern sich der erstere bei aller Reinheit gleichwohl als ein apriori bestimmmter, inhaltsvoller Begriff, der letztere aber als völlig leer herausstellt; der erstere einen Begriff für die Erfahrung, der letztere aber nur einen Begriff für das blosse Denken hergibt. Aber woher nimmt denn die formale Logik selbst den Begriff? — Der sei mit dem Denken überhaupt zugleich gegeben, dem Denken angeboren, gleich der Sinnlichkeit eine Naturanlage des Geistes, von der man eben nichts wissen könne, von der es nur das Bewusstsein unmittelbarer Thätigkeit gebe, welcher Aposteriorität des Apriori die Kritik doch aus dem Wege gehen will. Dass aber die formale Logik, wie bisher, so auch für die Kritik, als ein leerer Formenkram fortbesteht, welcher wie im Begriffe überhaupt, so auch im Begriffe des Denkens keine wissenschaftliche Bewegung aufkommen lässt, dass überdiess die Aesthetik als Erfahrungswissenschaft ganz unbesehen vorausgesetzt wird, das Eine wie das Andere konnte nicht anders, als zum Nachtheil der Kritik ausschlagen.

Diesem seinem apriorischen Standpunkte entsprechend lehrt denn auch Kant, dass die Erscheinungen der Dinge, bei aller Wirklichkeit für uns, doch keineswegs von den Dingen selbst, sondern nur im Verhältnisse zu unseren Sinnen herrühren, das Ansich der Dinge nicht einmal in Betreff ihrer Erscheinung, geschweige denn in seinem Wesen sich erkennen lasse. Im Grunde habe es daher die transcendentale Erkenntniss nur mit sich selbst zu thun, mit ihren Erscheinungen, welche ihren Inhalt ausmachen, einerseits als sinnlich bestimmte Formen, als Erfahrungsbegriffe, andererseits als reine Formen, hier als die apriorischen Begriffe von Raum und Zeit. Und kennen wir auch das Wesen der Dinge nur, so weit es erscheint, es muss sich doch denken, das Denken aber auch hier wieder in seiner Erscheinung, in seiner transcendentalen und logischen Form, erkennen lassen, freilich nur mittels eines analytischen Urtheils, das sich wieder an die Erscheinung hält.

Das wissenschaftliche Ergebniss der transcendentalen Aesthetik beschränkt sich also auf die Erkenntniss: dass einerseits ihre
apriorischen Erscheinungsformen nie weiter als auf Gegenstände
der Sinne reichen, daher auch nur für Objecte möglicher Erfahrung gelten können; andererseits aber gleichwohl die ge-
forderte Unnbhängigkeit des Denkens von der Erfahrung im
Begriffe aufrecht erhalten werden müsse.

II. Transcendentale Logik.
(Der Begriff in seinem Verhältnisse zum Denken.)

Als massgebend für die Kritik ergibt sich die Eintheilung
in die formale und transcendentale Logik, sofern erstere, ausschliesslich mit den unmittelbar gegebenen Formen des Denkens
beschäftigt, von allem Inhalt abstrahirt, letztere dagegen zwar
keinen empirischen oder ästhetischen, wohl aber einen reinen
Inhalt des Denkens in seiner ursprünglichen Entwickelung und
Gesetzlichkeit zur Geltung bringt.

Die transcendentale Logik, um die es der Kritik allein
zu thun ist, enthält wieder zwei Theile:

1. Die Analytik, d. h. die Zergliederung der Logik in ihren
a) Begriffen und b) Grundsätzen, und

2. Die Dialektik als vermeintliches Organ a) der Begriffe
und b) der Schlüsse der reinen Vernunft zu ihrer eigenen Her-
vorbringung.

1. Transcendentale Analytik.
a) Analytik der Begriffe.

In der Analytik kommt es zunächst auf die apriorische
Möglichkeit der Begriffe im Verstande und auf den reinen Gebrauch dieses Verstandesvermögens an.

Der Verstand sei aber der Geburtsort der Begriffe vermöge
seiner Spontanäität des Denkens, dessen Möglichkeit sich verwirklicht, indem es urtheilt. Und der Begriff kommt überhaupt
zum Denken und durch das Denken zum Urtheil durch die
Synthese, indem er mannigfaltig vorgestellten Inhalt aufnimmt
und einigt; und der reine Begriff komme zum Denken, indem

er sich mit einem blos gedachten Inhalt verbindet, der ihm
apriori, er weiss nicht wie, gegeben ist. Denn, wie gesagt,
Kant lässt wohl alle Erkenntniss, somit auch das Denken, mit
der Erfahrung anfangen, beseitigt aber die Frage nach dem
Hervorgehen aus der Erfahrung und nach dem Wie dieses Vor-
sichgehens durch die Aufstellung eines zweiten ursprünglichen,
der Erfahrung entgegengesetzten Erkenntnisselementes, das ihr
von aussen her zu Hülfe kommt. Nur indem er auf die freilich
ganz und gar unvermittelte Verwandlung von Vorstellungen im
Begriffe hinweist, lässt er die Möglichkeit einer Ueberbrückung
dieser künstlich erzeugten Kluft offen. Wir wissen das freilich
anders: dass und wie aus der Erfahrung und Erkenntniss, überhaupt aus dem Bewusstsein das Denken, aus dem Denken aber
das Wissen; dass und wie aus der Vorstellung der Gedanke,
aus dem Gedanken aber der Begriff hervorgeht.

Als im Denken apriori enthaltene Begriffe zählt Kant aber
die Quantität, Qualität, Relation und Modalität auf. Sie entsprechen den vier gleichnamigen, apriorisch möglichen Functionen
des Denkens, welche, im Urtheil verwirklicht, auf die Eintheilung der apriorischen Begriffe als aus dem Vermögen zu urtheilen entstanden hinweisen. Auch ist es ganz richtig, dass
jeder Begriff einzig und allein nach seiner Thätigkeit unterschieden und bestimmt werden könne, der Begriff apriori einerseits nach der ihm zugehörigen Denkthätigkeit, andererseits nach
seinem Vorgehen im Urtheil. Aber mit welchem Rechte wird
dann, statt vor Allem den Begriff des Denkens nach den unterschiedlichen Erscheinungsweisen seiner Thätigkeit zu befragen
und zu bestimmen, die Denkthätigkeit selbst sofort unter vier
Formeln unmittelbar bestimmter, einem unmittelbaren Bewusstsein entnommener Urtheile gebracht? Nicht nur das Vermittelnde
selbst, zugleich mit der Art und Weise des Vermittelns bleibt
auch das, was von ihm vermittelt werden soll, gänzlich unmittelbar. Zudem sind diese Begriffe für das Denken keineswegs so unbedingt nothwendig, dass ohne sie gar kein Denken
stattfinden könnte; sie haben wohl Geltung, aber keine aus-
nahmslos allgemeine, wie sie denn, trotz der Versicherung ihrer
Vollzähligkeit für allen Verstandesgebrauch, die Kategorien des

Seins und Wesens z. B. sofort vermissen lassen. Und wäre der
Verstand immerhin das Princip, aus welchem sich dieses In-
ventarium der Begriffe ergibt, so hiesse es doch wieder fragen,
wie die Begriffe aus dem Verstande und wie sie aus einander
hervorgehen müssen, mit welcher Nothwendigkeit und Allgemeinheit, um als zu einem systematischen, in sich abgeschlossenen
Ganzen geeint zu gelten.

Vorstellungen als Urbestandtheile der Erkenntniss unter
einen Begriff ordnen, heisse, sich der unmittelbaren Form des
Urtheils im Denken zur Erreichung des Begriffes bedienen.
Jeder Begriff gehe aus den ihm zugehörigen ursprünglichen
Theilen, aus den durch das Denken ermittelten Vorstellungen
als ihr gemeinschaftlicher Ausdruck hervor; alle Urtheile bestehen in der Denkfunction, Vorstellungen unter eine gemeinsame Begriffseinheit zu bringen. Das Denken lasse sich auf
ein unmittelbares Urtheilen zurückführen; im Verstande liege
ebenso das Vermögen zu urtheilen, als zu denken. Alle Function
des Denkens im Urtheil sei aber den vier aufgebrachten logischen
Formen unterstellt, welche als diese ganz leeren Formen darauf
warten, dass ihnen anderwärts her Vorstellungen gegeben werden,
um sie in Begriffe zu verwandeln. Dazu sollen eben die apriorisch
gegebenen Begriffe dienen, unter welchen allein der Verstand
Vorstellungen von Gegenständen empfange. Denn dieselbe Denkfunction, welche den verschiedenen Vorstellungen in einem Urtheile Begriffseinheit gebe, verleihe auch der blossen, vom Urtheile entblössten Synthese verschiedener Vorstellungen in einem
Anschauungsbegriffe als dem reinen Verstandesbegriffe Einheit;
dasselbe Denken, durch dessen Auseinandersetzung Vorstellungen
in die logische Form des Urtheils verwandelt werden, bringe
mittels der synthetischen Begriffseinheit einen transcendentalen
Inhalt in die Vorstellungen und erziele damit eben die reinen
Verstandesbegriffe. Auf solche Weise entspringen gerade so viel
reine Verstandesbegriffe, welche apriori auf Gegenstände der
Vorstellungen gehen, als es logische Functionen in allen möglichen Urtheilen gebe.

Wer es nur wüsste, wie die transcendentale Logik aus der
Synthese von Vorstellungen als den unmittelbaren Urtheils-

bestandtheilen des Denkens den Begriff hervorbringt! Wer es uns nur verriethe, wie der transcendentale Begriff überhaupt zu seinem Inhalte kommt, den er den Vorstellungen zulegt! Denn dass formale und transcendentale Logik in ihren Urtheils- und Begriffstafeln übereinstimmen — das bietet wahrlich wenig Sicherheit in Betreff der Wissenschaftlichkeit ihrer Entwickelung, ganz abgesehen davon, dass sich diese vier Pfeiler als Stützpunkte aller Gesetzlichkeit im wirklichen Denken und Urtheilen keineswegs bewähren.

Handelt es sich aber um die Deduction dieser so unmittelbar inducirten Begriffe, so kann man bereits im Voraus wissen, dass dieselben wohl eben so unmittelbar aus Urtheilen des Denkens durch das Denken selbst werden abgeleitet, wie durch das Denken eingeleitet werden, dass die Deduction der Begriffe ein unbefangenes Beurtheilen der Begriffe nach vorausgesetzten Formen aller Denkthätigkeit wohl kaum überschreiten werde.

In der That ist denn auch der Standpunkt der transcendentalen Deduction der Begriffe der der Beziehung des Begriffes auf sein Denken, der der Herleitung des Begriffes aus seinem Denken, endgültig aber der des Verhaltens des Denkbegriffes zu sich selbst und der Ableitung aus sich selbst. Das Denken soll seine Kategorien deduciren, indem es selbst sich gegenständlich macht, seine Subjectivität beweisen, indem es aus sich selbst sein Object deducirt.

Und das ist allerdings ein sehr wichtiger Begriff, den Kant da in die Wissenschaft einführt, dieser Begriff des in sich entzweiten Subjectes, für welches das Denken am Selbstbewusstsein sein unmittelbares Vorbild hat, der Begriff des in sich selbst unterschiedenen Denkens, das die Möglichkeit seiner Unabhängigkeit von aller Erfahrung durch die Bethätigung seiner Selbstständigkeit verwirklicht. Das Denken hat zu seinem Begriff zu kommen, indem es sich nach seiner Objectivität beurtheilt, indem es sich in seinem Urtheile gegenständlich weiss. Nur musste sich die Kritik auch hier vor Allem fragen, auf welche Art und Weise das Denken zu sich komme, wie es Subject, wie selbst zum Begriffe werde. Damit hätte es die Unwissenschaftlichkeit zu fragen sofort eingesehen: wie der Begriff zum Denken kommen könne, bevor das Denken selbst Begriff geworden; damit wäre es der unbedachten Voraussetzung los geworden: reine Begriffsformen vor allem Denken — zu denken, überhaupt die formale Logik als fertig und abgemacht gelten zu lassen, hinterher aber durch die transcendentale beweisen zu wollen.

Denn belehrt uns Kant, dass der Begriff des Denkens aus einer Verbindung von Vorstellungen, aus dem Denken aber, indem es urtheilt, der Begriff entstehe, so umgeht er auch hier wieder die Antwort auf die Frage nach dem Wie des Entstehens, sowie überhaupt nach dem Ursprung des Denkens, indem er statt dem Begriffe des Denkens, dem Denken des Begriffes nachgeht, das Denken selbst also voraussetzt, den Begriff aber dem vorgefundenen Denken sich beigesellen lässt. Das Denken selbst stellt sich von Haus aus auf den Standpunkt des Cartesius, dass es sich seiner gewiss, weil seiner Thätigkeit unmittelbar bewusst sei; das cogito ergo sum heisse im Grunde: ich denke, also bin ich selbst das Denken, „das: ich bin, ist ein Denken," wie denn das Denken auch unumwunden gesteht, in seiner Subjectivität des: ich denke, bei seinem letzten Begriffe angekommen zu sein. Und das ist ganz richtig. Das Ich ist der unmittelbarste Ausdruck alles Selbstbewusstseins und alles damit zusammenhängenden Denkens und Wissens — aber es ist eben so der vermittelteste, der seine weitläufigste und durchgreifendste Entwickelung nicht hinter seinem Rücken vor sich gehen lassen darf, überdies um seine Ursprungsstätte wissen muss, um das Geständniss, am Abschluss seiner Entwickelung zu stehen, berechtigt auszusprechen. Aus der Unmittelbarkeit des Selbstbewusstseins das Denken herzuleiten, widerspricht allem geforderten Wissen vom Denken, um das es doch der Kritik zu thun ist. Kein Wunder also, dass sie auf die Frage nach dem Begriffe des sich in seinem Unterschiede selbst gegenständlichen Denkens die Antwort schuldig bleibt.

Die Deduction der Begriffe begnügt sich eben darauf hinzuweisen: dass wir durch Begriffe denken, welche apriori, d. h. unmittelbar aus dem Denken selbst hervorgehen; dass der Begriff des Denkens selbst in einem solchen Begriffe besteht, über den sonst nichts zu wissen ist, als dieses sein Bewusstsein, dass er es selbst ist, der denkt; endlich dass die Möglichkeit des Denkens im Begriffe nur hinterher durch sein Urtheil, das Denken nur so im Zusammenhange mit dem Begriffe zugleich erwiesen werden könne.

Das heisst im Grunde den Begriff als die Apriorität des Denkens, die Apriorität selbst aber als seine Unmittelbarkeit bestimmen. Das Denken begreift sich nicht, der Begriff weiss so nichts von sich.

b) Analytik der Grundsätze.

Die Analytik der Grundsätze lehrt die Gesetze für alles Urtheilen in Betreff der Anwendung apriorischer Begriffe auf Erscheinungen kennen. Die Bedingung zu apriorischen Gesetzen liege im Begriffe selbst. Der Begriff sei der Gesetzgeber, sofern er denkt; der Verstand als das Vermögen zu denken zugleich das Vermögen aller Gesetzlichkeit; die Urtheilskraft aber das Vermögen, die richtige Anwendung der Gesetze zu beurtheilen.

Und bereits die formale Logik spreche Gesetze als unmittelbare Denkgesetze aus, indem sie das Denken sich in Begriff, Urtheil und Schluss auseinandersetzen lehrt; aber das seien ganz abstracte, für ein bestimmtes Urtheil völlig unbrauchbare Gesetze. Für den Gebrauch der reinen Verstandesbegriffe im Urtheile schreibe die transcendentale Logik einzig und allein dadurch Gesetze vor, indem sie das Urtheil kritisirt, berichtigt und vor Fehltritten sicher stellt.

- Und da muss die Wissenschaft allerdings sofort Verwahrung dagegen einlegen, als ob die in der formalen Logik enthaltene Gesetzlichkeit mit den Denkgesetzen, innerhalb welcher alle Auseinandersetzung sich begriffsgemäss darstellt, nichts zu thun hätte; als ob die Denkgesetze, als der Satz der Gleichheit, des Widerspruches und der Einheit, mit der gesetzlichen Entwickelung des Denkens als Begriff, Urtheil und Schluss nicht auf das innigste übereinstimmen, ja geradezu aus letzteren hervorgehen müssten. Aber auch dagegen muss sie sich wehren, als ob die Gesetzlichkeit der formalen Logik dem Denken so unmittelbar apriori zufiele. Oder sind es nicht die Naturgesetze,

welche als das Gesetz der Schwere, der Anziehung und Abstossung, endgültig aber der Selbstbewegung den Denkgesetzen
zur Vorlage und zum Rückhalt dienen?

Als Bedingung nun aller Gesetzlichkeit, um Begriffe überhaupt auf Sinnlichkeit anzuwenden, stelle das Denken zwischen
Vorstellung und Begriff das Schema, welchem, einerseits sinnlich, andererseits intellectuell, die Vermittelung der Vorstellung
und des Begriffes, und zwar einerseits die Intellectuallisirung
der Vorstellung, andererseits die Versinnlichung des Begriffes
obliege, das daher selbst so halb als Vorstellung, halb als Begriff
zu gelten habe. Nun sollte man freilich meinen, dass dieser Anforderung des Schemas, Vorstellung und Begriff zu vermitteln,
der Gedanke als Satz und damit unmittelbar als Ausdruck des
Gesetzes am besten entsprechen müsste, statt, wie es die Kritik
thut, dasselbe einerseits zum Vorstellungszeichen herabzusetzen,
andererseits bereits als abstracte Begriffsbestimmung vorweg zu
nehmen. Denn so richtig es ist, dass weder die Vorstellung
sich geradezu als begriffsfähig bethätige, noch der Begriff ohne
Vermittlungsglied auf die Vorstellung zurückkomme, so richtig
und wichtig sich der Unterschied von Bild und Zeichen der
Vorstellung herausstelle, so entschieden das Schema als ver-
einfachtes Vorstellungszeichen der sprachlichen Bezeichnung
näher stehe — als dieses Erkennungs- und Benennungszeichen
hat es noch immer weit zum Satz und Gedanken, wie es denn
auch so niemals im Gedanken selbst anzutreffen ist, geschweige
denn dem Begriffe so unmittelbar zur Seite steht. Sollte aber
dem Begriffe apriori ein Schema zukommen, so könnte ihm dasselbe wieder nur von Seite des Denkens zu Theil werden, es
könnte das Schema sich selbst nur als die aus seinem Gedankeninhalte hervorgegangene Begriffsbestimmtheit einführen, die sich
allerdings auf gar keine Bildlichkeit mehr einlässt, und insofern
eine reine Synthese darstellt. Die transcendentalen Schemata
reiner Verstandesbegriffe sind denn auch die abstracten Begriffsbestimmungen, welche, indem sie die vier Stammesbegriffe und
die daraus hergeleiteten Begriffe des Verstandes kennzeichnen,
diese Begriffe damit erst verwirklichen, aber auch vereinfachen
sollen.

Lehre nun das Schema blos die Bedingungen im Gebrauche der Verstandesbegriffe nach dem Gesetze der Synthese zu urtheilen kennen, so habe eben das System dieser Urtheile die Gesetze selbst zu geben und zu erweisen.

Als die zwei obersten Gesetze, unter welchen wir denken, werden nun selbstverständlich die Analyse und Synthese, als die zwei obersten, diesen Gesetzen entsprechenden Grundsätze aber ausdrücklich der Satz des Widerspruches und der Satz der Einheit Unterschiedener anerkannt. Die Kritik hätte es freilich wissen müssen, die unterschiedliche Gesetzeskraft der Synthese und Analyse als im nothwendigen Zusammenhang und fortschreitender Entwickelung in die der Genese aufzuheben, sie hätte dem Satze des Widerspruches den unmittelbaren und so gut wie selbstverständlichen Satz der Gleichheit zu Grunde legen müssen, um das System aller Denkgesetze aufzustellen. So oder so hatte sie aber jedenfalls dessen begriffsgemässe Entwickelung sicher zu stellen. Statt dessen kommt die Kritik sofort auf die der aufgestellten Kategorientafel gemässe Bestimmtheit aller synthetischen Grundsätze als Axiom, Anticipation, Analogie und Postulat, d. h. als Grundsatz, Voraussetzung, Folgesatz und Schlusssatz zu sprechen. Aber selbst in dieser Auseinandersetzung fällt es auf den ersten Blick auf, dass sowohl der gesetzlichen Bestimmung der formalen Logik als Begriff, Urtheil und Schluss, als auch dem Denkgesetze als Satz der Gleichheit, des Widerspruches und der Einheit entsprechend, die Voraussetzung als der unmittelbarste Gesetzessatz, Grund- und Folgesatz aber nur als eine wesentlich zu einander gehörige Satzbestimmung ausgesprochen werden müsste, somit das System aller synthetischen Grundsätze nur aus drei massgebenden Sätzen zu bestehen hätte. Uebrigens läuft auch hier die letzte Forderung, welche die Kritik aus der Auseinandersetzung dieser systematischen Vorstellung aller Grundsätze zieht, immer wieder darauf hinaus, alle Grundsätze des reinen Verstandes als apriorische Principien der Möglichkeit aller Erfahrung zu denken und auf letztere allein alle synthetischen Sätze apriori zu beziehen, besagte Grundsätze also einzig und allein als Denkgesetze für alle mögliche Erfahrung anzuerkennen, ja auf diese Apo-

steriorität am Ende selbst ihre apriorische Möglichkeit zurück-
zuführen.

Als Beleg und Grund dafür, dass aber der Verstand von
seinen Grundsätzen und Begriffen apriori niemals einen transcendentalen Gebrauch machen könne, dass ein reiner Gebrauch
der Kategorien zwar möglich sei, aber keine objective Geltung
habe, wird der Unterschied aller Gegenstände als Phänomenon
und Noumenon, d. h. im Grunde der Unterschied alles Wissensinhaltes als Vorstellung und Begriff eingeführt. Denn der Begriff habe zwar keinen Gegenstand zum Inhalte, aber doch die
Vorstellungen von den Gegenständen, daher er auch nichts vom
Denken an und für sich wisse, daher nur ein Denken, das sich
an der Erfahrung bethätigt, anerkenne. Und allerdings, obgleich
der Inhalt des Begriffes jederzeit aus einem Gedachten besteht,
so macht doch deshalb keineswegs das schlechthin Gedachte,
sondern der gedachte Inhalt der Vorstellung zunächst den Begriff aus, in welchem durch die Auseinandersetzung des so aus
der Vorstellung entstandenen Inhaltes alle Vorstellungen als Bild
und Zeichen vergangen, oder vielmehr in ihrer sprachlichen
Bezeichnung aufgehoben sind. Gerade aber in der Bestimmtheit
als unmittelbar Gedachtes und als durch sich selbst vermittelter
Gedanke legt das Denken bereits den Beweis ab, an dem eigenen
Begriffe eine besondere Art seiner nichts weniger als proble-
matischen Thätigkeit zu haben.

Wird aber das Phänomen auf die Erscheinung der Dinge
bezogen und behauptet, dass wir das Noumenon als ihr Wesen
keineswegs erkennen, sondern nur denken, daher von ihm nichts
wissen können; so müssen wir wieder darauf zurückkommen,
dass einerseits das Wesen nur ist, sofern es erscheint, andererseits das der Erscheinung zu Grunde gelegte Wesen selbst allerdings nie vorgestellt, aber doch gedacht und begriffen werden
könne.

In jeder Beziehung vermag also die Denkbarkeit und damit
die Wirklichkeit des Begriffes des Noumenon dem Begriffe des
Phänomen gegenüber aufrecht erhalten zu werden.

In einem Anhange über die Amphibolie der Reflexionsbegriffe kommt die Kritik nochmals auf die Nothwendigkeit

eines Vermittelungsgliedes zwischen Vorstellung und Begriff
zurück, indem sie nunmehr seiner Bestimmung als Denken
näher rückt. Denn die Ueberlegung als der Dolmetsch aller
Reflexionsbegriffe, welcher Sinnlichkeit und Verstand verknüpft,
das ist richtig verstanden einerseits die Besinnung, in der sich
bereits das Denken unmittelbar bethätigt zeigt, andererseits das
Nachdenken. In der transcendentalen Ueberlegung wird aber
für die Begriffe selbst in ihrem bestimmten Verhältnisse zu
einander der Reflexionsbegriff als Denkbegriff nach den Bestimmungen seiner Gesetzlichkeit ausdrücklich in Anspruch genommen, es wird so gleichzeitig die Begründung der Denkgesetze nachgeholt. Die Kritik bringt da den Begriff des Selbst-
denkens, ferner den der Leibnitz'schen Monade als Gedanke,
endlich die für jede Begriffsform vorbereitete Gedankenmaterie
zur Sprache. Die Amphibolie des Denkens müsste daher nicht
sowohl, wie die Kritik will, darin bestehen, dass das Denken
zweideutig zwischen Vorstellung und Begriff hin- und her-
schwankt, sondern dass es, mit Begriffen beschäftigt, damit zugleich sich selbst in seinen unterschiedenen Begriffsbestimmungen
gegenständlich würde. Aber auch die transcendentale Topik
möchte wieder alles Denken entweder der Vorstellung oder dem
Begriffe zutheilen, so dass für die Topik des Denkens selbst
weder eine Stelle, noch ein Gegenstand übrig bliebe; sie möchte
alles Denken an den vier Begriffen der Kategorientafeln richtig
stellen, überhaupt aber alle Begriffe nur unter der Bedingung
ihrer Sinnlichkeit überlegen. Es gebe kein Denken ohne Hinzukommen der Sinne, kein Denken an und für sich, wie und weil
es ohne Sinnlichkeit überhaupt keinen, oder doch nur einen
leeren Begriff gibt; es gebe keine Sinnlichkeit ohne Verstand,
aber auch keinen Verstand ohne Sinnlichkeit. Und so thatsächlich sich eine Erweiterung des Denkens durch den Begriff
immerhin herausstelle, wissenschaftlich unmöglich, weil so un-
erweisbar, bleibe sie doch. Der Begriff wisse nicht mehr, als
die Vorstellung erkenne; der Inhalt bleibe sich gleich.

Nun wir wissen bereits, wie weit wir dieses Ergebniss der
kritischen Analytik für wissenschaftlich berechtigt gelten lassen
dürfen: wie wohl alles Denken ursprünglich in der Erkenntniss

wurzelt, aber wie es doch auch als bereits unmittelbar Gedachtes
und im Gedanken für sich wird; wie wohl kein Begriff je von
der Erinnerung an seinen Vorstellungsinhalt gänzlich loskommt,
aber wie er sich doch am Gedankeninhalt einen wesentlichen
Antheil sichert, so Erfahrungs- und Denkbegriff zugleich. Auch
gibt es thatsächlich einerseits Erfahrung und Erkenntniss ohne
Denken, andererseits ein Denken, in seinem Inhalte einzig und
allein auf den Begriff gestellt. Gerade die Wissenschaft fordert
und lehrt aber eine Erweiterung des Denkens durch den Begriff,
sofern der Begriff einen Inhalt weiss und erweist, den das naive
Denken kaum ahnt, von welchem die Vorstellung aber vollends
gar nichts zu erkennen vermag.

Vermittler und Erlöser der Wissenschaft ist daher nicht
sowohl das Denken, als das Wissen, das sich sein Bewusstsein
wahrt, aber auch dem Denken freien Spielraum gestattet und
dieser Gedankenfreiheit im Begriffe die gesetzliche Weihe
ertheilt.

2. Transcendentale Dialektik.
(Der Begriff in seinem Verhältnisse zum Wissen.)

Die transcendentale Dialektik hat den Schein gänzlich über
die Erfahrung hinausgehender Urtheile aufzudecken, die, obgleich
ein Blendwerk der Vernunft, gleichwohl als natürlich und un-
vermeidlich sich herausstellen. Indem aber die transcendentale
Logik in ihrer Dialektik die Erzeugung von Begriffen und die
Erzeugungsfähigkeit des Begriffes selbst in Betreff seiner synthetischen Urtheile und damit die Principien aller ihrer Gesetzlichkeit untersucht, will sie eben ihrer eigenen Begriffsthätigkeit,
damit aber der formalen Logik in ihrer Lehre von Begriff,
Urtheil und Schluss auf den Grund sehen. Hier erst unter-
nimmt es die Kritik, die Frage nach der Möglichkeit einer
Wissenschaft aus Begriffen zu beantworten, welche unmittelbar
aus dem Denken selbst ihren Inhalt zu schöpfen, daher so unmittelbar mit der Erfahrung nichts gemein hätte.

Die transcendentale Dialektik handelt aber wieder: a) von
den Begriffen, b) von den Schlüssen der reinen Vernunft.

a) Begriffe der reinen Vernunft.

Begriffe der reinen Vernunft sind als transcendentale Ideen bestimmte Schlussbegriffe, aus unterschiedenen Begriffen bestehende Begriffseinheiten, in sich abgeschlossen und vermittelt, aber ebenso unerreichbar und unausführbar. Und wie aus der Synthese von Vorstellungen, als der Vermittelung unmittelbarer Urtheilsformen, Kategorien entstehen; eben so können aus Vernunftschlüssen als der Synthese von Kategorien transcendentale Ideen hervorgehen, welche alles Denken im Ganzen der Erfahrung nach Principien leiten.

Und das heisst allerdings den als unerreichbaren Schlussbegriff gedachten Begriff der Idee seinem Wesen gemäss bestimmen: als nothwendig und allgemein gültig erschlossen, in seiner Schlussfolgerung aber gleichwohl immer wieder entwickelungsfähig, daher freiheitsbewusst und problematisch. Eben so entspricht es dem Begriffe der Idee, dass sie sich endgültig die Bestimmung der Totalität alles Begriffsinhaltes, den Begriff des Absoluten, als Ziel setzt, ohne sich deshalb als absoluten Begriff behaupten zu wollen. Dagegen muss man ihre Transcendentalität, in der Bedeutung, dass ihr kein entsprechender Gegenstand in den Sinnen gegeben werden könne, wie für die Idee selbst, eben so für den Begriff in Anspruch nehmen; desgleichen für beide die einzig mögliche Anwendung auf Gegenstände der Erfahrung ablehnen.

Als Bedingung der Bestimmung der Idee nach ihrem absoluten Inhalte wird einerseits die absolute Einheit des denkenden Subjectes, andererseits die absolute Einheit aller Erscheinung gefordert, wozu freilich die abschliessende, nicht blos den Inhalt des Denkens, sondern auch den des Seins umfassende Alleinheit hinzukommen, daher die Eintheilung aller Wissenschaft den drei Hauptideen entsprechend, statt in Psychologie, Kosmologie und Theologie, begriffsgemässer und vollgültiger in die Wissenschaft des Geistes, Wissenschaft der Natur und Lebensweisheit stattfinden müsste, die Lebensweisheit selbst aber erst in Welt- und Gottesweisheit sich zu unterscheiden hätte.

b) Dialektische Schlüsse der reinen Vernunft.

Nachdem aber die Kritik so die Wissenschaft bis zum Höhenpunkte aller ihrer Idealität hat aufsteigen lassen, sucht sie nunmehr nach dem Begriffe selbst, aus dem im Herabsteigen die
natur- und denkgemässe Entwickelung aller geistigen Thätigkeit
abgeleitet und dadurch erst erwiesen und bewährt werden könne.

Als dieser Begriff wird in der Lehre von den Paralogismen
der reinen Vernunft das Ich aufgestellt: der erste und letzte
Begriff nicht blos des Denkens, wie die Kritik will, sondern
eben so des Bewusstseins und Wissens, aus dem nicht blos alle
Begriffe, sondern eben so alle Vorstellungen und Gedanken hervorgehen, sofern sie in ihm entstehen. Aber erst das transcendentale, wenn seines Standpunktes, seiner Entwickelung und
seines Zieles sich bewusste, in diesem Bewusstsein auf sich be-
dachte und um sein Denken wissende Ich könnte den Beweis
alles Bewusstseins, Denkens und Wissens, und damit ihrer
Wahrheit auf sich nehmen. Denn nicht um das unmittelbare
Bewusstsein, sondern um das Wissen im Bewusstsein, nicht um
das blosse Denken, sondern um das Wissen vom Denken, nicht
so sehr um das Wissen, als um das Sichselbstwissen müsste
es ihm zu thun sein. Gleichwohl hält es die Kritik auch hier
für einen Fehlschluss, dass man vom Denken, ausser dass es
ein vom Bewusstsein gegebenes Object denke, etwas anderes
wissen könne. Auch warnt sie mit Recht vor einem unmittelbar
sich selbst objectiven Denken, vor einem Denken schlechthin
an und für sich, als ob sie es ahnen möchte, welche dialektische
Verirrung mit dem sogenannten Denken des Denkens aufkommen
würde. Aber sie selbst hat doch auch keinen Begriff von einem
an dem unmittelbar Gedachten und vermittelt im Gedanken sich
selbst gegenständlichen Denken, da sie, wie gesagt, über ihr
Bewusstsein vom Denken, über die Gewissheit des: ich denke,
nicht hinaus kommt. Das Ich im Denken ist Denken, und dieses
Denken des Denkens bin ich. Das sei der Zirkel, in welchem
sich alles Wissen vom Denken herumdrehe. Für sich selbst
bleibe das Ich ein für allemal ganz unvermittelt, nur an einem
Andern könne es zu sich kommen:

Das Ich ist ein gedachtes Subject und als solches Denken.

Das Denken ist aber das: ich denke.

Also bin ich nur als unmittelbares Denken.

Darauf laufe hier der Paralogismus der reinen Vernunft hinaus.

Und allerdings der Schluss von einem Bewusstsein seiner selbst im Denken auf den Wissensbegriff von einem sich selbst in seinem Unterschiede gegenständlichen Denken wäre kein geringer Trugschluss. Gleichwohl, trotz allem einzig möglichen Scheinwissen, geht gerade aus dem Ungenügen des Bewusstseins für das Denken die Nöthigung zur Nachfrage nach einem Wissen vom Denken hervor.

Endigt aber die reine, sich selbst zugewendete Vernunft in Fehlschlüssen, so verwickelt sich die reine, auf die Aussenwelt gerichtete Vernunft in einen Gesetzeswiderstreit, indem sie sich zum Gesetzgeber aufwirft. Denn Gesetze als Begriffe und Grundsätze gebe der Verstand; die Vernunft könne sie nur erweitern, reinigen durch die ihnen zugebrachte Idealität; zur Gesetzgebung sei sie nicht berufen, ausser sie wollte Scheingesetze aufwerfen, und so sich selbst, am Ende wohl aber auch den Verstand verwirren. Wie man daher vom reinen Denken nichts wissen könne, eben so erweise sich unser mittels des reinen Denkens erzieltes Wissen vom Sein als blosser Schein. Ueber den Widerstreit der transcendentalen Psychologie innerhalb der Kosmologie unterrichte uns aber die Lehre von den Antinomien der reinen Vernunft.

Die Antithetik bewege sich in Widersprüchen, sofern sie zwar in sich widerspruchsfreie, denkbare und den Denkgesetzen entsprechende Grundsätze aufstellt, unglücklicherweise aber in ihren Grundsätzen eben so denknothwendig sich herausstellt. Daher sei der Widerspruch selbst, so zu sagen, ein natürlicher, unvermeidlicher, der zwar zum Bewusstsein gebracht unschädlich gemacht, aber niemals vertilgt werden könne; da der Grund davon in der Amphibolie der Idee selbst liege, welche, wenn sie der Vernunft entspricht, für den Verstand zu gross, dagegen wenn dem Verstande angemessen, für die Vernunft zu klein sei.

Die Ursache von diesem Widerstreite habe man aber auch hier
darin zu suchen, dass die Vernunft ihre Grundsätze über das
Feld aller möglichen Erfahrung hinaus in Anwendung bringt,
daher wohl auch von ihr keinen Widerspruch zu fürchten brauche,
aber auch keine Bestätigung erwarten dürfe, und so am Ende
sich selbst einer skeptischen Hoffnungslosigkeit, ihrem angeb-
lichen Ehrentode, preisgegeben finde. Ganz unumwunden bekennt also die Kritik ihre Ohnmacht, den Widerstreit erfahrungs-
gemässer Erkenntniss und eines besseren Wissens schlichten zu
können. Natürlich, weder das empirische, noch das reine, unmittelbare Denken reicht dafür aus; von dem Richteramte und
der Gesetzeskraft des Begriffes weiss sie aber zu wenig. Kein
Wunder also, dass auf dem gesetzlosen Tummelplatze des Verstandes und der Vernunft jederzeit derjenige Recht behält, welcher das letzte Wort hat.

In den aufgestellten Antinomien wird die Vernunft nicht
sowohl mit sich selbst, sondern mit dem Verstande im Widerstreite aufgeführt. Der populäre Menschenverstand, der sich wohl
gern seinen Wahrnehmungen und Erfahrungen getreu die Welt
vorstellen möchte, mit dieser Erkenntniss aber nicht ausreicht,
wirft sich einem Denken in die Arme, das in seiner Naivität
einerseits selbst das Undenkbare begreifen, andererseits wieder
selbst den Begriffsinhalt sich vorstellen möchte; einerseits in
seinem stolzen Bewusstsein, Alles denken zu können, die Selbst-
bescheidung des Wissens abweisst, andererseits in der Lösung
wissenswerther Fragen an halben Begriffsbestimmungen, einseitigen Urtheilen und im Sprunge erreichten Schlüssen sich
genügen lässt. Freilich müsste die Vernunft in einem solchen
Widerstreit nicht bloss den Verstand, sie müsste auch sich selbst
zu kritisiren wissen: trotz aller Idealität ihrer Herkunft aus der
Erfahrung eingedenk sein, trotz aller erfahrungsgemässen Grundlage das An- und Fürsichsein des Denkens begreifen, trotz aller
Denkfreiheit die Gesetzlichkeit ihres Wissens beweisen, indem
sie einzig und allein dem mittels seines vollgültigen Urtheils er-
schlossenen Begriffe Beweiskraft zugesteht. Dabei dürfte sie,
schon um ihrer Idealität willen, weder ihrem Wissen allen
Glaubensinhalt abschneiden, noch bisher ungelöste Fragen lässig

und kleinmüthig aus dem Wege gehen, sie dürfte sich überhaupt mit aus dem Stegreife aufgestellten Grundsätzen, welchen jede begriffsgemässe Begründung ihrer Voraussetzung fehlt, gar nichts zu schaffen machen. Vor Allem hätte sie sich aber in ihrer eigenen, logischen und psychologischen Antinomie zu begreifen. Denn ein in seiner Transcendentalität unbegriffener, gleichwohl so unbedacht vorausgesetzter Idealismus mit seiner Apriorität, die weder weiss, wie sie selbst mit der Aposteriorität zusammentrifft, noch wie sie, unmittelbar fertig geworden, von der Aposteriorität anzutreffen sein werde, möchte sie auch hier schwerlich herausreissen. Die Vernunft muss es ein für allemal bleiben lassen, unmittelbar von dem gegebenen Fall auf seine Bedingungen, von der Wirkung auf die Ursache, von der Folge auf den Grund zu schliessen. Dabei kann nur Sophistik herauskommen, ein Denken, welches, indem es sich nach der Erfahrung richtet, gleichwohl durch sein Spiel mit der Idealität blenden, indem es in der verdünnten Athmosphäre seines Idealismus weilt, gleichwohl an einem greifbaren Empirismus wie zum Schein sich erproben möchte.

Am wenigsten könnte die Wissenschaft freilich geneigt sein, den Widerstreit des Verstandes und der Vernunft als einen blos scheinbaren aufzufassen, am wenigsten könnte sie alle Schuld des Widerstreites einer Dialektik des Scheines aufbürden, so lang die Vernunft, durch die vermeintliche Thatsache einer transcendentalen Apriorität verleitet, sich ihrerseits jede Vermittelung mit dem Verstande abschneidet, den Verstand aber im Fortgang seiner Entwickelung auf eine Kluft stossen lässt, die weder je zu überspringen, noch zu überbrücken sein soll. Uebrigens liegt ja der unlösbare Widerstreit der reinen Vernunft nicht sowohl in ihrer Methode, deren Art und Weise ihres Wesens und Scheines hier noch dahin gestellt bleibt, sondern in dem von Haus aus unheilbaren Riss ihres entzweiten Standpunktes, an dem selbst die beste Methode scheitern müsste.

Endlich wird als auffälligster Beleg und letzter Beweis der Apriorität der Vernunft und der Unmöglichkeit einer für das Wissen nutzbringenden Dialektik in reinen Begriffen und Ideen der Begriff des Ideals eingeführt. Je mehr sich die Dialektik

von der Erfahrung entferne, desto weniger könne sie etwas
wissen, desto unmöglicher werde es aber auch, müssen wir hinzusetzen, den Standpunkt der transcendentalen Apriorität zu behaupten.

Das Ideal, das sei mit einem Worte der Inbegriff aller
Möglichkeit der absoluten Vernunft, gleichsam die personificirte
göttliche Vernunft, von der man wohl eine Idee nach Begriffen,
aber keine erfahrungsgemässe Vorstellung haben, die man also,
weder erkennen, noch in ihrer Existenz beweisen könne. Nur
als in der Erscheinung verwirklicht, gleichsam als Beispiel des
Ideals, als Copie des Urbildes, gebe sie einen Inhalt für die
Vorstellung her, und nur als Ideal in ihrer Erscheinung, nicht
aber in ihrem Wesen und selbst als Wesen könne man sie begreifen. Dieser Urbegriff sei aber die Apriorität aller Begriffe,
dieses Urdenken sei einzig und allein das ursprüngliche Denken,
woraus alles andere Denken abgeleitet werden müsse.

Und da haben wir denn auch hier wieder den Scharfsinn
der Kritik zu bewundern, der so entschieden den Unterschied
von Vorstellung und Begriff in der Gottesweisheit hervorhebt,
der dem Begriffe allein die mögliche Wissenschaft von der
Idealität des höchsten Wesens, von Gott dem Geiste vorbehält;
obschon wir hier noch weniger, als sonst wo, begreifen können,
wie einer wissenschaftlichen Entwickelung entsprechend der
Begriff Gottes ohne Vermittelung der Vorstellung von Gott entstehen, wie dieser Begriff apriori gegeben sein soll. Spricht
doch die geschichtliche Entwickelung aller Gottesweisheit mehr
als irgend eine andere Thatsache ganz entschieden dagegen, als
ob man von einer apriorischen Offenbarung des reinen Gottes-
geistes ausgehen könnte, bevor man denselben in seiner Erscheinung als Natur- und Menschengeist begreift, als ob man
vom Gottesbegriffe etwas wissen könnte, bevor sich die Gottes-
erkenntniss die Natur- und Menschengötter auf dem Entwicke-
lungsstandpunkte der Vorstellung zurecht legt. Freilich, wollte
man die Logik um jeden Preis mit der Theologie in Uebereinstimmung bringen, so könnte man leicht, wenn auch schwerlich zum Vortheil logischer Wissenschaftlichkeit, die Einheitlichkeit ihrer ursprünglichen Ausgangspunkte dahin erläutern, dass

wie Gott die Welt erschaffen habe, wie aus dem Geiste die
Materie hervorgehe, eben so im Geiste selbst der Begriff das
Apriori der Vorstellung ausmache und sie hervorbringe. Und
das wäre allerdings sehr christlich gedacht, wissenschaftlich wäre
es aber deshalb noch nicht, wie es denn in der Wissenschaft
geradezu die verkehrte Welt spielen hiesse, auf eine patristisch-
scholastische Vorstellungs- und Denkweise zurückzukommen, um
der Kritik der reinen Vernunft von dem theologischen Verstande Gesetze vorschreiben zu lassen. „Dieses ist nun der
natürliche Gang, den jede menschliche Vernunft, selbst die ge-
meinste nimmt, obgleich nicht eine jede in demselben aushält.
Sie fängt nicht von Begriffen, sondern von der gemeinen Erfahrung an und legt also etwas Existirendes zu Grunde. Dieser
Boden aber sinkt, wenn er nicht auf dem Felsen des Absolut-
Nothwendigen ruht. Dieser selber schwebt aber ohne Stütze,
wenn noch ausser und unter ihm leerer Raum ist und er nicht
selbst Alles erfüllt.“ Und da kommt es denn hier Alles auf den
Begriff des Absoluten an. Ist das Absolute der Geist, so werden
wir niemals begreifen können, wie aus dem blossen Geiste die
Materie entsteht, wie Gott die Welt aus Nichts erschafft; gehört
dagegen, wie das Heidenthum will, der Materie das Prädicat
des Absoluten zu, wie konnte sich in der todten Materie der
Geist entzünden, wie aus dem ohnmächtig trägen Stoffe Kraft
und Bewegung hervorgehen? — Das ist aber die erste und letzte
Antinomie aller Wissenschaft, die sie nur durch den Begriff des
Allebens zu lösen vermöchte, sofern das Leben, wie in jeder
seiner Entwickelungsstufe Geist und Materie zugleich, eben so
als absolutes in diesem seinem Unterschiede besteht, oder vielmehr im stetigen Entwickelungsgange einer unendlichen Idealität
zustrebt.

  Heisst es nun in den Beweisen vom Dasein Gottes einzig
und allein die Beweiskraft des Begriffes anerkennen, indem nur
der Begriff, durch sein vollgültiges Urtheil auseinandergesetzt
und so unterschieden einheitlich im Schlusse vermittelt, damit
sich zu bewahrheiten weiss; dann kann es auch nur diesen einen
Beweis vom Gottesbegriffe geben. Und beweist sich der Begriff
niemals unmittelbar, sondern zunächst an seinem Andern und

daraus erst sich selbst; dann wird auch der Begriff des Gottes-
geistes sich nur beweisen können, indem er sich als Natur- und
Menschengeist unterschieden, daraus aber erst als der reine, an
und für sich seiende Geist erschlossen weiss. Erst damit wäre
das Sein Gottes nicht blos in der Erscheinung seines Daseins,
sondern auch in der seines Werdens, dadurch aber in seinem
Wesen erwiesen, wie denn der Beweis, dass Gott ist, nur durch
den Nachweis, was er ist, möglich sein wird.

Die Kritik der reinen Vernunft aber, indem sie die Summe
ihres transcendentalen Wissensinhaltes abschätzt, kommt zu dem
Endergebniss, dass der Ausgang aller dialektischen Versuche
zwar ihren natürlichen Trieb, das Feld aller möglichen Erfahrung
zu überschreiten, beweise, sie aber gleichwohl über diese Grenze
hinaus einem Scheinwissen preisgebe, dessen Täuschungen kaum
die schärfste Kritik abwenden könne. Ihr einziger Nutzen sei,
den Verstand vor ihren eigenen Fallstricken zu warnen, ihn zu
reguliren, zu schematisiren und zu systematisiren, indem sie ihm
durch ihre Begriffe und Schlüsse die Gesetze seines Denkens
vorschreibt, freilich ohne dass sie sich darüber Rechenschaft
geben könnte, wie sie selbst zum Gesetze kommt, ohne im Stande
zu sein, ihren Begriffen und Schlüssen einen andern als ver-
nünftelnden Inhalt zu geben. Die Befürchtung, dass so leicht
der ganze Einfluss der Vernunft auf den Verstand, wo nicht auf
Trug und Wahn, so doch auf eitlen Schein und kurzsichtige
Täuschung hinauslaufen könne, liegt allerdings nahe genug.
Und in der That, höchstens dass wie das Ideal die Ideen, wie
die Idee die Begriffe, eben so der Begriff die Vorstellungen
äusserlich zusammenhält; höchstens dass wie den Ideen das
Ideal, wie den Begriffen die Idee, eben so den Vorstellungen
der Begriff von aussen her als Ziel vorschwebt. Im Uebrigen
sei die Vernunft nur in ihrem verständigen Urtheile apodiktisch,
der Vernunftbegriff selbst im Urtheile jederzeit nur problematisch
oder doch hypothetisch; es sei die Vernunft nur ein blosser
Probirstein für die Wahrheit, an und für sich geradezu ein
todtes Werkzeug. Auch liegt darin ein herzlich schlechter
Trost für die Vernunft, dass die Ideen für den Verstand leider
nur zu gut, zu subtil sein sollen, dass sie sich, obgleich wesenlos,

wenigstens nicht selbst widersprechen, wenigstens nicht unwahrscheinlich scheinen. Wer nichts weiss und nichts zu sagen hat, der hat gut Widersprüche zu vermeiden. Und so lähmt die leidige Apriorität alles: sie octroirt der Erfahrung die Vorstellung, dem Denken den Begriff, dem Wissen die Idee; sie lässt die Vorstellung selbst nicht zum Gedanken, den Gedanken selbst nicht zum Begriffe, den Begriff selbst nicht mittels seines Urtheils zum Schlusse kommen.

Gleichwohl kann die von der Kritik der reinen Vernunft der Wissenschaft zugebrachte Errungenschaft nicht hoch genug angeschlagen werden. Vor Allem die Auseinandersetzung der Vernunft mit der Sinnlichkeit und dem Verstande, indem sich die Vernunft, mit sich selbst beschäftigt, thatsächlich als dritter, die früheren zwei Haupttheile ergänzender und einigender Haupttheil aller Wissenschaft einführt. Damit im unmittelbaren Zusammenhange die Abweisung aller Erfahrung im Denken selbst und die Forderung des Wissens für dasselbe; die scharfe Scheidung der Idee als unerreichbarer Schlussbegriff von dem Begriffe, und das freilich mehr äusserliche, schwankende Auseinanderhalten des Begriffes und der Vorstellung. Eben so die begriffsgemässe Bestimmung der Denkgesetze durch das Princip der Gleichheit, des Unterschiedes und der Einheit; die Forderung dieser Gesetze für den Begriff, sofern im begriffsgemässen Denken neben der Verschiedenheit die Gleichartigkeit der Urtheilsbestandtheile, für beide aber schliesslich die Einheit gewahrt bleiben soll; überhaupt das Ablehnen alles Dogmatismus im Wissen, das kritische Eingehen auf den Begriff, damit aber auf die Vernunftgemässheit alles Denkens.

Wahrlich! selbst um den Preis einer unvermeidlichen Apriorität wäre ein solcher Gewinn nicht zu theuer erkauft.

B. Transcendentale Methodenlehre.

In der transcendentalen Methodenlehre wird die Bestimmung der formalen Bedingungen eines vollständigen Systemes der reinen Vernunft vorgetragen.

Zunächst heisse es gegebenen Gesetzen Folge leisten, zunächst werde Disciplin, eine unmittelbare Zucht des Denkens gefordert. Und da haben denn die aus der Wahrnehmung und Vorstellung sich ergebenden Grundsätze ohne alle Kritik von Seite des Denkens sofort für das Denken selbst zu gelten. In dem sichtbaren Geleise ihres unmittelbaren Gebrauches liege die Bürgschaft ihrer natürlichen Gesetzlichkeit. Handle es sich dagegen um die transcendentale Anwendung von Grundsätzen nach blossen Begriffen, dann müsse die Disciplin des Denkens freilich gerade darin bestehen, dass sie ihre Gesetzlichkeit prüft, um in ihrer Transcendentalität nicht auszuschweifen, vielmehr auch diese Selbstprüfung auf die unmittelbare Natur der Vernunft und des Gebrauches ihrer Begriffe zu richten.

Wie in der Elementar-, so wird auch in der Methodenlehre die Lehre vom Bewusstsein, die Lehre von der Erfahrung und Erkenntniss, als selbstverständlich übergangen. Und es ist ganz richtig, dass wie für das Denken, eben so für die Erfahrung und Erkenntniss dieselben Gesetze gelten, dass somit die Gesetze auf das Denken, sie zugleich auf Erfahrung und Erkenntniss prüfen heisse. Gleichwohl sollten wir denn doch vor Allem wissen, wie geistige Gesetze überhaupt entstehen, wie Erfahrung und Erkenntniss zu dem ausgefahrenen Geleise ihrer Gesetzlichkeit kommen, in welcher Weise das Bewusstsein seine gangbaren Gesetze bestimme und auf Denkgesetze hinweise. Statt dessen finden wir auch hier gleich in allem Anfang die Apriorität auf Unkosten der Aposteriorität ausgestattet, im Grunde aber doch auch wieder zum Nachtheil ihrer eigenen Begründung und Entwickelung verkürzt.

Die erste Frage, welche sich die Disciplin der reinen Vernunft im dogmatischen Gebrauche vorlegt, wie sie nämlich ihre Begriffe construire, beantwortet sie dahin: dass sich der Begriff selbst seinerseits im Vorstellungszeichen darstelle, durch dieses sein Schema aber für den allgemein gültigen Erfahrungsgebrauch tauglich werde. Die unmögliche Möglichkeit, apriori vom Begriffe zur Vorstellung zu kommen, gleichsam vom Ende zum Anfang, wird auch hier als ein Ausgangspunkt der Methode aufrecht erhalten, das Wie und Was dieses Geschehens aber durch die Versicherung der unmittelbaren Thatsache, dass es geschehe, und gerade so geschehe, abgefertigt. Muss aber der von Haus aus inhaltsleere Begriff in der That seine Form mittels der Vorstellung aus der Erfahrung holen und dieselbe hinterher mit Erfahrungsinhalt ausfüllen, was bleibt denn da von dem apriorischen Begriffe anderes übrig, als eine eben so formlose wie inhaltsleere Apriorität, was von der, mit diesem auf den Kopf gestellten Entwickelungsgange Hand in Hand gehenden, aller Analyse vorausgehenden Synthese übrig, als eine Einigung Ununterschiedener, als ein Schluss ohne Urtheil, als eine Begriffseinheit ohne vorhergehende Gedankenauseinandersetzung.

Eine weitere Prüfung der Gesetze ergebe sich aus dem Widerstreite, in welchen die Vernunft durch ihre Widersacher hineingezogen werde, aus welchem sie aber auch hier nur durch eine, auf den wohlbegründeten Gebrauch ihrer Grundsätze gerichtete, sachgemässe Vertheidigung herauszukommen trachten müsse.

Ja sogar die Methode der Hypothese in Betreff der Disciplin der reinen Vernunft könne man versuchen, vorausgesetzt dass die Hypothese nicht grundlos sei, d. h. mit den thatsächlich gegebenen und unmittelbar gewissen Gesetzen übereinkomme. Denn da wir uns von der Apriorität apriori keinen Begriff machen können, sie nur begreifen, sofern wir sie in der Erfahrung antreffen, so dürfen wir auch nicht einmal hypothetisch der Vernunft statt sachgemässer Begriffe derlei Hirngespinnste unterlegen, können aber wohl die Apriorität der reinen Vernunft, ohne sie vorerst zu begreifen, im guten Glauben an sie hinnehmen, da es sich hinterher schon zeigen wird, wie weit man mit einer solchen Hypothese ausreicht. Selbst die Ideen, als solche problematisch gedachte Begriffe, welche keinem Gegenstande der Erfahrung entsprechen, gäben doch nur die gesetzlichen Principien für den Verstandesgebrauch im Felde der Erfahrung her, selbst die Ideen würden der Aposteriorität nie los, ohne sich gleichwohl den Glauben an die Möglichkeit ihrer Apriorität als reine Vernunftform rauben zu lassen.

Endlich habe auch der Beweis in seiner Methode nur die objective Gültigkeit der Begriffe und die Möglichkeit ihrer Synthese mit Erfahrungsobjecten apriori darzuthun. Denn ein Beweis, aus dem Begriffe selbst geführt und im Begriffe selbst zu Ende geführt, sei eben unmöglich, da der Beweis nur auf die Sicherstellung der Objectivität des Begriffes gerichtet sein könne, womit denn freilich der einzig mögliche Beweis aller Wissenschaft in Abrede gestellt wird, der Beweis: vom Begriffe aus mittels des Urtheils zum Schlusse zu kommen, den Schlussbegriff selbst aber durch die Urtheilsvermittelung seiner Urtheilsbegriffe zu erschliessen.

Und so wird denn in der Disciplin der reinen Vernunft einzig und allein auf die Ausübung der Methode als der Art und Weise der Synthese, apriori aus dem Begriffe zur Vorstellung zu kommen, ein Werth gelegt, dagegen die Methode der Analyse, hier sowohl die Auseinandersetzung der Vorstellung als auch die des Begriffes, wie nebensächlich hinter dem Rücken der Vernunft vollzogen, selbstverständlich vorausgesetzt; ja indem die Kritik statt vom Begriffe zum Urtheil, umgekehrt vom fertigen Urtheile zum Begriffe vorgeht, droht sie selbst die von ihr als gesetzlich anerkannte Methode der formalen Logik in Abrede zu stellen. Die Analyse verstehe sich von selbst; auch komme dabei nichts heraus, was nicht bereits in dem Begriffe enthalten wäre. Nur die Synthese bringe etwas Neues hinzu, erweitere den Begriff. Und allerdings ist das eine sehr wichtige Bestimmung der Kritik, die von der Erweiterung des Urtheiles, da auf ihr der Fortschritt in allem unseren Wissen beruht. Nur dürfte diese Erweiterung keineswegs in einer Bereicherung des Begriffes durch einen von aussen her herbeigeholten Inhalt bestehen, sie müsste vielmehr durch den Zuwachs eines neuen, aus den Urtheilsbegriffen entsprungenen Begriffes als im Schlusse selbst vollzogen herbeigeführt werden. Was aber den dem Begriffe gemachten Vorwurf betrifft, dass durch seine Analyse kein anderer Inhalt hervorgebracht werde, als der ihm bereits zu Grunde gelegte Gedankeninhalt; so ist zu sagen, dass der Begriff diesen Inhalt, als die Vorlage seines wissentlichen Eigenthums, im Urtheile selbst dadurch erweitert darstellt, indem er denselben nunmehr vollgültig in den unterschiedenen Begriffsbestimmungen des Urtheils von Neuem wieder hervorbringt. Der Kritik fehlt eben der richtige Begriff der Verhältnissbestimmung von Synthese und Analyse. Ist doch weder jene eine besondere Methode für sich, noch diese, vielmehr bilden sie beide jederzeit und überall die nothwendigen Entwickelungstheile einer und derselben Methode, der genetischen; ist doch nur dieses im steten Fortschreiten Auseinanderhervorgehen, der Analyse aus der Synthese und dieser aus jener, die durch und durch begriffsgemässe Methode und die einzige Art und Weise aller wissenschaftlichen Entwickelung, wie denn auch nur die Begriffsgemässheit alle Gesetzlichkeit des Wissens ausmacht.

Und wie die Disciplin, so wird auch der Kanon der reinen Vernunft mit dem Inbegriff seiner apriorischen Grundsätze behufs der Entwickelung aller gesetzlich geregelten Denk- und Wissensweise auf den richtigen Gebrauch angewiesen. Der praktische Vernunftgebrauch sei die Gesetzesquelle für die theoretische Vernunft. Gewiss; nur darf man ihn nicht als die einzige behaupten. Es entwickeln sich auch Gesetze aus Gesetzen, es gibt reine Vernunftgesetze, Gesetze aus der Vernunft und für die Vernunft, es gibt auch einen theoretischen Vernunftgebrauch, von dem freilich die Kritik so gut wie nichts wissen will. Ueberhaupt schlägt sie unsere speculativen Interessen an den höchsten Ideen der Vernunft: Gott, Freiheit und Unsterblichkeit, nicht hoch genug an, selbst auf die Gefahr hin, in diesen ihren letzten Wissens- und Gewissensfragen einzig und allein auf den Glauben angewiesen zu bleiben. Am Ende gipfelt sie den eigentlichen Werth dieser rücksichtsvollen Behauptung aber doch in der Forderung, alles unser reines Vernunftwissen zu bethätigen, sei es in der Wissenschaft selbst, sei es in der Kunst, sei es endlich im weiteren praktischen Leben. Und das ist in der That der Endzweck alles Wissens.

Das Wissenschaftliche der Methode trete aber erst so recht in der Architektonik der reinen Vernunft hervor, sofern diese die systematische Einheit des mannigfaltigen Wissens unter einer Idee, der Vernunftidee, fordert, aus welcher die wesentlichen Entwickelungstheile abgeleitet werden müssen. Dazu bedürfe die Idee aber wieder eines Schemas, einer apriori, man weiss wieder nicht recht wie, aus dem Principe des Zweckes bestimmten Ordnung.

Indem die Kritik der gemeinsamen Wurzel aller Erkenntniss zwei Stämme entspringen lässt, von welchen der eine, die Sinnlichkeit, auf Vorstellungen, der andere, der Verstand, auf Begriffen beruht, der eine als empirische, der andere als reine Erkenntniss erwächst, hält sie den Eintheilungsbegriff ausschliesslich als den der Entzweiung fest, den Begriff einer wissenschaftlichen Dreieinigkeit, den dreieinigen Begriff hier gänzlich bei Seite lassend. Sie behauptet einerseits, dass der Urtheilskraft, welche hinterher zwischen den Verstand und die Vernunft hineingestellt wird, weder eine dem Verstande und der Vernunft entsprechende Begriffsbestimmtheit, noch ein besonderer, ihr eigenthümlich angehöriger Inhalt zukomme, dieselbe mithin keinen Hauptbestandtheil der Wissenschaft ausmache, vielmehr zur Vernunft in nächster Verwandtschaft stehe, andererseits, dass die neben die Sinnlichkeit und den Verstand gestellte Vernunft leer ausgehe, da der Verstand bereits alles Denken und den Begriff selbst in Beschlag nehme. Und doch sieht man auf den ersten Blick, wie in den Grundbegriffen des Systems einmal neben der Sinnlichkeit und dem Verstande die Vernunft, das anderemal neben dem Verstande und der Vernunft der von der Kritik verschwiegene Geist; wie einmal zwischen der Vorstellung und dem Begriffe der Gedanke, das anderemal zwischen der Erfahrungs- und Begriffswissenschaft die sogenannte exacte Wissenschaft als die Denkwissenschaft sich hervordrängt. Auch lässt die Eintheilung der Metaphysik in die Philosophie und in die Physiologie der reinen Vernunft (in die Wissenschaft des Geistes und in die Naturwissenschaft) als dritten, diese Wissenschaften einigenden und vermittelnden Hauptbestandtheil sofort die Lebensweisheit vermissen.

Dagegen ist die Forderung, wie den Verstand durch die Sinnlichkeit zu ergänzen, so die Vernunft durch ihre Geschichte zu begründen und zu beweisen, wieder einer von den genialen Griffen der Kritik: die Forderung einer Geschichte der Philosophie, einerseits als Halt- und Ausgangspunkt jedes philosophischen Systems, andererseits als das letzte Beweismittel,

mit der bereits bewährten Wahrheit in Uebereinstimmung zu
sein. —

Wir stehen am Abschluss. Und was wir im Eingang behaupteten, dass Kant ein neues Gebiet der Wissenschaft gesucht
und gefunden habe, neben dem Gebiete des Bewusstseins und
Denkens jenes des Wissens, wie er selbst nicht ohne Selbstbewusstsein von sich rühmt, „eine ganz neue Wissenschaft" —
das können wir wohl jetzt nach bestem Wissen und Gewissen
aufrecht erhalten. Denn nicht bloss erschaut hat er das gelobte
Land, er betritt es auch, zwar nur schüchtern und zögernd,
kaum dass er die Grenzen zu überschreiten wagt, ja selbst wider
Wissen und Willen. Das Wissen führt sich als der Glaube an das
Wissen, als die Zuversicht in seine Macht über das Denken ein;
aber auch als der Zweifel, durch das Denken allein es zu irgend
einem Begriffe zu bringen. „Kant steht höher", wie Rosenkranz
trefflich bemerkt, „als er es selbst weiss, aber er leugnet es sich
immer ab; so oft er den Boden der absoluten Idee betreten hat,
eilt er wieder kopfschüttelnd zurück, dass für uns so etwas
möglich sein sollte."

Macht aber ein Gedanke, ein einziger Begriff, der wie ein
Blitz einschlägt und die Wissenschaft von Neuem in Feuer und
Flammen setzt, zum Genie, dann ist Kant wahrlich ein Genie:
im höchsten Gedankenfluge naiv, in der verwickeltsten Gedanken-
verbindung einfach, im Einfachsten des Allgemeinsten sich bewusst; scharfsinnig und dabei auf das Nächste bedacht, tief und
verständlich zugleich; frei von allem auferlegten Geisteszwang,
und doch nicht ohne sich selbst auferlegte Schranke; ein Frei-
geist, und doch nicht ohne Anflug von Leichtgläubigkeit. Mit einem
Wort: ein Gedankenheros, auf dem Höhenpunkte seines Denkens, wie sein grosser Ahnherr Plato, durch seine Idealität
getragen.

Aber auch ein wissenschaftlicher Charakter ist Kant, wie
die Geschichte der Wissenschaft kaum einen zweiten aufweist.
Wie er ist, ganz so gibt er sich. Seine Unwissenheit zu be-
mänteln fällt ihm nicht ein; im Gegentheil, immer wieder be-
scheidet er sich, die Grenzen seines Wissens einzugestehen.
Auch verschweigt er nichts; der Leser weiss seine geheimsten

Gedanken, oder er kann sie doch wissen. Dabei der Eifer, Anderen den Weg zu bahnen, sich aufzuopfern für den Beweis des Nichtwissenkönnens, um ein vielleicht später möglich gewordenes Wissen vor Irrthum zu bewahren; diese Freude am Wissen, diese Wahrheitsliebe, vor Allem dieser Muth der Wahrheit, der gleichwohl selbst dem minder Fähigen seinen Antheil an der Erkenntniss gönnt und ihn darin in der Wahrheit weiss.

Wie aber als Charakter noch für die spätesten Nachkommen ein Vorbild, so wird sein Genie noch auf Jahrhunderte hin der Wissenschaft ihren Standpunkt vorschreiben: den Begriff des Wissens in seinem Grunde und Wesen, in der Art und Weise seiner begriffsgemässen Entwickelung, endlich in seinem schliesslichen Ziele und Zwecke zu erweisen.

II.

Zu dem neuen Geiste, welcher mit Kant in die Wissenschaft einzieht, bekennt sich auch Hegel, der grosse Schüler des grossen Meisters.

Aber indem es Hegel gerade um den Begriff, vor welchem Kant stehen bleibt, um den Begriff des an und für sich seienden Denkens zu thun ist, stellt er damit schon die unbegriffene Apriorität des Geistes in Frage. Er hält es mit Aristoteles gegen Plato, auf den Kant sich stützt, er hält es mit der stetig fortschreitenden einheitlichen Methode, mit der den geschichtlichen Bildungsstufen des Geistes entsprechenden Entwickelung alles Wisseninhaltes. Das was ist begreifen, heisse sein Werden begreifen; das Begreifen sei aber die Selbstbewegung des Begriffes, und nur dieses Begreifen ist Wissen, ist Wissenschaft. Es kommt auch hier auf den Begriff des Wissens, aber nicht mehr bloss auf das dem Bewusstsein und Denken zugewendete, sondern eben so sehr auf das sich selbst gegenständliche Wissen an, das sich zum absoluten Wissen erheben soll.

Für den Standpunkt der Hegel'schen Philosophie, namentlich für die Art und Weise ihres Entwickelungsfortschrittes, ist aber ihre Logik massgebend. Hegel bringt die zwei Jahrtausende still gestandene in Fluss, er ruft ihr ihre Entwickelungs- und Durchgangspunkte, ihre Mittel und Wege, ihre Ziele und Zwecke ins Gedächtniss, er bereichert, erweitert und vertieft sie. Freilich, den Begriff des an und für sich seienden Denkens in ihr durchzuführen, sie zum Wissensbegriffe zu erheben und in der Bewegung des wissenden Geistes festzuhalten — das gelingt auch ihm nicht so ganz.

Die Wissenschaft zerfällt nach Hegel in drei Theile:

1. Die Logik, die Wissenschaft der Idee an und für sich.

2. Die Naturphilosophie, als die Wissenschaft der Idee in ihrem Anderssein.

3. Die Philosophie des Geistes, als die Idee, die aus ihrem Anderssein in sich zurückkehrt.

Der Eintheilungsgrund der Wissenschaft ist die Idee, welche, je nachdem sie als das schlechthin mit sich identische, oder als das sich selbst in seinem Andern gegenüber gestellte, endlich als das aus diesem Andern bei sich selbst seiende Denken sich erweist, eben in die genannten drei Eintheilungsglieder auseinander geht.

Im Hinblick nun auf ihr als Naturgesetz anerkanntes Denkgesetz aller Eintheilung, dem gemäss Eins theilen, so viel als Eins in Zwei theilen heisst, findet sich die Philosophie als Naturphilosophie und als Philosophie des Geistes in ihren unterschiedenen zwei Haupttheilen naturgemäss herausgesetzt. Eine andere Frage aber ist es, ob in Erwägung der geistigen, begriffsgemässen Eintheilung, welche neben und mit den Zweien zugleich das ursprüngliche Eine als besonderen Theil einführt, diesen Theil aber, der die früheren Theile vermittelt in sich enthält, zugleich für das Ganze einstehen lässt, ob in dieser Dreitheilung die Logik der Anforderung des dritten Theiles der Philosophie entspreche, ob sie namentlich die Bedeutung eines die Naturphilosophie und die Philosophie des Geistes vermittelnden Haupttheiles für sich beanspruchen könne. Und da heisst es freilich unumwunden bekennen, dass die Logik als Denklehre,

als Wissenschaft des Denkens, ganz und gar zur Wissenschaft
des Geistes schon deshalb gehöre, weil das Denken selbst eben
den einen wesentlichen Inhaltsantheil des Geistes ausmacht. Auch
stellt Hegel selbst Logik und Philosophie des Geistes so gut wie
ununterschieden neben einander. Denn die erstere, als Wissenschaft der Idee an und für sich, und die letztere, als Wissenschaft der Idee aus ihrem Anderssein in sich zurückgekehrt,
die Logik, als das mit sich identische, und die Philosophie des
Geistes, als das an seinem Andern bei sich selbst seiende Denken,
besagen im Grunde eins und dasselbe, wie sie denn auch beide
der Naturphilosophie als der Wissenschaft der Idee in ihrem
Anderssein gegenüberstehen. Es kommt eben nur der eine Theil,
die Naturphilosophie, seinem vollen Inhalte nach als einheitliche
Wissenschaft zur Geltung, während der andere, die Philosophie
des Geistes, unmittelbar in sich entzweit, sowohl für den ersten,
als auch für den dritten Theil den Inhalt hergibt; es besteht die
Wissenschaft eben nur aus zwei Theilen ohne den dritten, diese
ersten zwei vermittelnden Theil, dessen Inhalt entweder geradezu unausgesprochen bleibt, oder in den andern Theilen so
gut es eben geht unterbracht, zumeist aber uneingetheilt eingeführt wird.

Gleicherweise zerfällt die Logik in drei Theile: in die
Lehre vom Sein, Wesen und Begriff, als der Lehre vom Gedanken in seiner Unmittelbarkeit; ferner in seiner Reflexion
und Vermittelung; endlich in seinem Zurückgekehrtsein in sich
selbst und seinem entwickelten Beisichsein; gleicherweise drängt
sich aber auch in dieser Eintheilung sofort die Mangelhaftigkeit
in der Bestimmung und Auseinandersetzung ihres Eintheilungs-
grundes auf. Denn ergäben sich auch Sein und Wesen als die
zwei natur- und vernunftgemäss unterschiedenen Theile eines
dritten, so stimmt doch dieses selbst weder in der Form noch
im Inhalte mit diesen Theilen überein. Der Begriff, welcher
das Sein und Wesen des Denkens als Gedachtsein und Gedanke
in sich zurücknimmt und in sich vermittelt entwickelt, könnte
nur der Begriff des Denkens, keineswegs aber der Begriff
schlechthin sein, der Begriff des Seins und Wesens aber in
keinem Falle durch den Begriff des Begriffes abgeschlossen

werden. Sein und Wesen bald in dem An - und Fürsichsein
ihres Begriffes, bald in ihrer Bestimmtheit als Begriffsunterschiede des Denkens zu meinen und gelten zu lassen, diese
zweischneidige Amphibolie, welche sich bewusst die Stärke, in
ihrer naiven Ununterschiedenheit aber eben so die Schwäche
der Hegel'schen Logik ausmacht, führt sich bereits hier ein.

1. Die Lehre vom Sein.

Die Lehre vom Sein ist die Lehre vom Begriffe als Sein,
sofern am Sein das Wesen des Begriffes, die einfache Bestimmtheit, der vollgültige Unterschied und einheitliche Abschluss in
Betracht kommt. Und zwar stellt das Sein den Begriff in seiner
Unmittelbarkeit vor, wie er an sich ist und sich bewegt zeigt,
in seinen aus der Natur und dem Wesen aller Dinge behufs
der Kennzeichnung eines begriffsgemässen Unterschiedes ge-
schöpften Bestimmungen als Qualität, Quantität und Maass eingeführt. Der Begriff setzt sich sofort in einem vollgültigen
Urtheile auseinander, als Schlussbegriff durch die Einheits-
vermittelung dieser seiner Theile bestimmt. Gleichwohl muss
man sich doch sofort fragen, wie so denn diese Begriffsbestimmungen der Qualität, der Quantität und des Maasses in der
Logik Platz greifen, wie so dieselben überhaupt aus der Begriffsbestimmung des Denkens hervorgehen; gleichwohl muss
man sich doch sofort gestehen, dass diese Bestimmungen, dem
unmittelbaren Bewusstsein entnommen und von Aussen her in
die Logik hineingetragen, schon deshalb für die Bestimmung
des Denkens nicht ausreichen, ja sich für dieselbe geradezu als
begriffswidrig herausstellen. Nur das zweideutige Spiel der
Logik, ihrem Begriffe des Denkens zugleich den Begriff des
Seins zu unterlegen, erklärt das Herbeiziehen dieser ihr sonst
fern liegenden Begriffsbestimmungen.

Als Ausgangspunkt der Begriffsbestimmung des Seins wird
die Qualität hingestellt. Schlechthin ist sie es wohl nicht.
Sowohl der natürlichen, als auch der begriffsgemässen Art und
Weise aller Entwickelung entsprechend kommt am Sein jederzeit

zunächst die Quantität zum Bewusstsein, an jedem Dinge das, was erscheint, an jedem Begriffe seine gleichsam mehr materielle Bestimmtheit. Auch entspricht nicht sowohl der Uebergang der Qualität zur Quantität, sondern dieser zu jener der fortschreitenden Selbstbewegung des Begriffes und dem logischen Entwickelungsgesetze. Aber die Qualität hat eben hier vermöge des ihr zugedachten An- und Fürsichseins den Begriff des Seins sofort im Zusammenhange mit dem Begriffe des Denkens zu vertreten und so der Idealitätsbestimmung von Sein und Denken von Haus aus Vorschub zu leisten.

Das Sein des Denkens, das Denken als Sein, fängt aber mit dem quantitativ bestimmten reinen Sein an.

Was heisst nun dieses Sein? — Einerseits das von allem Inhalte gereinigte Sein, die blosse Form des Seins, das grammatikalische Sein; andererseits das Sein, welches allen besonderen Inhalt in dem einen allgemeinen aufhebt, der unmittelbare Begriff des Seins, das ideale, absolute Sein — beide so als die begriffsgemässe Urtheilsbestimmung des Seins, sofern der Begriff des Seins in seinem Urtheile die entgegengesetzten und doch innig auf einander bezogenen Inhaltstheile, ihren Unterschied, dabei doch auch wieder ihre Gleichheit heraussetzt. Zugleich soll das Sein nicht blos die Bedeutung des Seins für das Denken, sondern eben so sehr die des Seins des Denkens selbst haben, es soll das Sein das Denkensein bedeuten, welches einerseits vom Denken eben nur behauptet, dass es ist, andererseits aber dasselbe als das absolute Sein des Geistes, als das, was der Geist überhaupt ist, kennzeichnet.

Und freilich, dieser Gleichstellung des Seins und Denkens, als ob dem Denken in demselben Masse der geistige, wie dem Sein der materielle Antheil des Begriffes des Absoluten zukäme, vermag eine begriffsgemässe Auseinandersetzung nicht beizustimmen. Macht doch das Denken nicht einmal den menschlichen, geschweige denn den absoluten Geist aus; tritt doch im menschlichen Geiste ausser dem Denken Bewusstsein und Wissen, im absoluten neben der Freiheit des Denkens die nothwendige Gesetzlichkeit für sich hervor. Auch verhalten sich das Sein an und für sich und das Sein des Denkens, ausser dass sie beide

sind, in dem, als was sie bestimmt sind, völlig von einander verschieden: das Sein an und für sich ist Sein und bleibt Sein in
aller seiner Bestimmtheit, im begriffsgemässen Urtheil zunächst
als Dasein und Werden auseinandergesetzt; während das Sein
des Denkens des Denkens Sein und so das Sein selbst ein bestimmtes Denken ausmacht, begriffsgemäss als Gedachtsein und
Gedanke unterschieden. So sehr sich daher Sein und Denken
in ihrer Form gleichen, so entschieden zweierlei fällt doch ihr
Inhalt aus, so wenig gehören sie doch zu den an Umfang gleichen
Begriffspaaren, welche als die zwei vollgültigen Urtheilsbegriffe
den Inhalt des ihnen zu Grunde gelegten Begriffes in seinem
Unterschiede gleichmässig heraussetzen. Möge immerhin das
Sein schlechthin die Materie, ja vermöge seiner unbegrenzten
Bestimmtheit wie alles Materielle, so auch alles Geistige in sich
aufgehoben enthalten — dem Denken steht immer wieder nur
die Vertretung der einen besonderen Entwickelungsstufe zu.
Sein und Denken decken sich eben nicht, wie etwa Materie und
Geist, Reales und Ideales, Welt und Gott sich decken. So un-
leugbar sie zusammen gehören, jedes für sich verhält sich doch,
wie alle Urtheilsbegriffe, sehr verschieden. Von Haus aus ist
das, was ist, kein Denken, ja nicht einmal Bewusstsein, sondern
so geistig bemessen höchstens bewusstlose Kraft, die man allenfalls als die weit abliegende Keimstelle des denkenden Geistes
begreifen könnte; wogegen das Denken sofort damit anfängt,
womit das Sein möglicherweise aufhört, nämlich als Gedachtsein,
das in seiner weiteren Entwickelung zum Gedanken und zum
Nachdenken vorschreitet. Heisst es also, dass das reine Sein,
oder was dasselbe sein soll, der reine Gedanke den Anfang des
Denkens mache, so hat das für den Begriff eben nur den einzig
richtigen Sinn, dass das, was gedacht ist, das unmittelbare Gedachte, dieser Bestimmtheit des Denkens entspreche. Das Sein
des Denkens ist sein Gedachtsein; dem reinen Sein könnte aber
nur als dem in seinem Gedachtsein gereinigten Denken die
Bedeutung des Gedankens zukommen. Sein und Gedanke sind
und bleiben daher ein für allemal wie für den schlichten, eben
so für den wissenschaftlichen Verstand trotz aller Vermittelung
wesentlich unterschiedene Begriffsbestimmungen. Nur eingedenk

ihres wesentlichen Unterschiedes könnte ihre Identität zur Geltung gebracht werden.

Auch nimmt das Denken diesen Begriff des Seins wahrlich nicht aus sich selbst, am wenigsten so lang es im Anfange seiner Entwickelung steht. Hat es da doch mit der Aussenwelt, mit der Erfahrung und Erkenntniss der Dinge, welche ihm das Bewusstsein entgegenbringt, genug zu thun, wird ihm doch gerade von diesem Dasein aus der erste Anstoss für die Begriffsbestimmung des Seins zu Theil, so sehr es auch dieselbe in ihrer weiteren Entwickelung seinem eigenen Bemühen verdankt. Das Denken muss sich vor Allem an einem Andern als an seinem Andern gegenständlich sein. Sucht es aber die allgemeinste und einfachste Bestimmung für ein solches Andere, dann gibt es allerdings keine Begriffsbestimmung, die so allgemein und einfach den unterschiedlichsten und mannigfaltigsten Inhalt kennzeichnen möchte, als die des Seins, welche die Auseinandersetzung jedes besonderen Dinges, dass es ist und was es ist, und in diesem Sinne auch die des Denkens auf sich nimmt.

Dieses reine Sein als das leere Sein sei aber das Nichts.

Einerseits ergibt sich die Verneinung vom Sein nicht als das Nichts, sondern als das Nichtsein; andererseits kommt im Unterschiede von Nichts dem Etwas die bejahende Bestimmung zu. Heisst nun reines Sein die blosse Form des Seins, so kann das Nichtsein nur den Inhalt desselben betreffen, da das gleichzeitige Nichtsein der Form sofort aller seiner Denkbarkeit ein Ende machen müsste. Daher denn auch das leere Sein niemals schlechthin Nichts bedeutet, sondern nur das nicht Etwas sein, überhaupt kein bestimmtes Sein: das Sein ist, ganz abgesehen davon, was es ist; es soll nur behauptet werden, dass es ist. Daher auch das Nichts als form- und inhaltloses Sein nur im Unterschiede und Vergleiche des Etwas so bestimmt und begriffen, ein schlechthin form- und inhaltloses Sein, aber niemals als eine das Sein ergänzende Begriffsbestimmung des Absoluten oder sonst eines dritten gedacht werden könnte, ohne den Begriff in diesem seinen Urtheilsantheile zu vernichten. Höchstens als ein und dieselbe Begriffsform wären Sein und Nichts einander gleich zu stellen. Darin ist sich aber alle Begriffsbestimmtheit gleich, daraus kein näheres Verhältniss von Sein und Nichts abzuleiten.

Die Wahrheit des Seins und des Nichts sei die Einheit beider, und diese Einheit sei das Werden.

Das heisst das Werden als den dem Sein und Nichts zu Grunde liegenden Begriff bestimmen, welcher diese seine Urtheilsbegriffe in Schlussbegriffen zusammen nimmt. Und doch ist und bleibt das Werden vor allem Sein schlechterdings unbegreiflich; und doch kennzeichnet es jederzeit einen Entwickelungsvorgang des Seins; und doch machen Dasein und Werden die Urtheilsbegriffe jedes Seinsbegriffes aus. Andererseits vermag das Werden eben so wenig jeden einheitlichen, vermittelnden Zusammenschluss von Sein und Nichts zu Stande zu bringen. Aus Nichts wird Nichts, also auch nicht das Werden; ein auf Nichts ausgehendes Werden des Seins müsste aber das Sein selbst vernichten, während doch jedes Werden auf ein Dasein ausgeht. Höchstens könnte das Werden als die Wahrheit des Seinwerdens und des Gewordenseins, höchstens als die vermittelnde Einheit zwischen einem und dem andern Dasein bestimmt werden. Denn wohl kennzeichnet das Werden die Bewegung, das Uebergehen, während das Dasein die Ruhe, das Stillstehen des Seins bedeutet; aber die Bewegung setzt das Bewegende voraus, das Werden kann niemals für das ursprüngliche Sein als schöpferisch einstehen.

Das Resultat des Werdens ist eben das Dasein.

Vorausgesetzt, wie gesagt, das Werden selbst wieder als ein Resultirendes aus dem Sein; vorausgesetzt, dass das Sein bereits da ist, als Anderssein im Werden ist. Daher Dasein und Werden, nicht aber Werden und Dasein den durch die Selbstbewegung des Seins aus seiner Begriffseinheit nach einander hervorgegangenen Urtheilsbegriffen entsprechen; daher Dasein und Werden, indem sie überhaupt sind und beide gleich zum Sein gehören, sich wohl beide gleich, Eins wie das Andere, als Sein denken lassen, jedes für sich aber doch nur die eine Bestimmtheit des Seins auf sich nimmt; daher beide unterschiedliche Anderssein eines und desselben Seins, welche als Inhaltstheile des Seins einander fordern, zugleich aber in ihrer

Besonderheit einschränken und ausschliessen. Uebrigens haben
Eins und das Andere nicht etwa blos als Momente des Daseins,
sondern überhaupt als die jedes Sein zu gelten, wie denn auch
jedes Sein der Unendlichkeit seines Immerwiederandersseins nur
dadurch entgeht, dass in ihm nicht sowohl Eins und Anderes
schlechthin mit einander zusammen gehen, sondern als in einem
dritten vermittelt den Abschluss ihrer Entzweiung finden.

Indem aber die Logik das auf das Dasein als auf ein
Anderssein bezogene Sein als ein Sein-für-anderes und damit
als Ansichsein bestimmt, tritt sie damit eine neue Entwickelungs-
reihe von Begriffsauseinandersetzungen an. Denn das Sich, das
Ich ist die einfachste, allgemeinste Form des Selbstbewusstseins
und eines unmittelbar von sich wissenden Denkens, so zwar,
dass ein nach allen Seiten hin bewusstloses, gedankenloses Sein
niemals Ansichsein von sich behaupten könnte, das Sein weder
durch sein Dasein zum Ansichsein kommt, es müsste denn darin
bereits unmittelbar für sich sein, noch einem Andern gegenüber
als Ansichsein gilt, das nicht selbst bereits unmittelbar für sich
wäre. Das Fürsichsein wird aber von Hegel als der dritte, das
Sein und Dasein ergänzende und damit den einen Bestimmungs-
kreis des Seins, den der Qualität, abschliessende Begriff eingeführt. Und wie gesagt, ist das Sein der ursprüngliche Grundbegriff, der sich in seinem Urtheil einerseits als der Begriff des
Daseins unterscheidet, so könnte sich derselbe andererseits nur
als Fürsichsein bestimmen, sofern er sich von Haus aus nicht
blos in seinem natürlichen, ihm unmittelbar zugehörigen, sondern
zugleich in einem ihm überlegenen, blos gedachten Inhalte voraussetzt. Auch wird wohl damit die Zusammengehörigkeit mate-
rieller und geistiger Bestandtheile gegenüber dem selbstverständlichen Unterschiede derselben ganz richtig hervorgehoben; damit
wohl das Eine sofort als die in sich unterschiedene, in ihrem
Unterschiede aber doch sich gleich gebliebene Einheit bestimmt;
damit wohl anstatt der Vorstellung der Gedanke, worin alle
Besonderheit und Einzelnheit aufgehoben und beglichen ist, anstatt dem in seinem unmittelbaren Unterschiede herausgesetzten
Gedanken ein und derselbe in seinem Urtheile bei sich gebliebene Begriff als der Angelpunkt alles Denkens und Wissens

festgestellt. Aber die Identität darf denn doch nicht den selbstverständlichen Unterschied geradezu in Abrede stellen, indem sie sich ausdrücklich als schlechthin unbedingt bekennt; sie darf denn doch nicht weder die ursprüngliche, noch die schliessliche Begriffseinheit dahin erweitern, dass sie einem bestimmten Begriffe die Bedeutung eines andern, sei es immerhin ihm verwandten, genug oft aber auch geradezu entgegengesetzten Begriffes unterlegt, dass sie einen und denselben Begriff als einen andern bestimmt und als einen andern denkt, und ein andermal wieder als jenen denkt und als diesen bestimmt; sie darf denn doch nicht den unmittelbar herausgesetzten Gedankeninhalt als von gleicher Geltung für zwei verschiedene Begriffe behaupten und darin ununterschieden zusammen nehmen. Erscheint ein derart bestimmtes Sein in seinem Unterschiede nach beiden Seiten hin wie verwischt, so mag es sich dafür eben nur bei der ihm aufgenöthigten Identität seiner besonderen Inhaltsbestimmtheit bedanken. Begriffsgemäss wird es in seinen Urtheilsbegriffen nur als identisch gedacht werden können, wenn es sich bereits in seinem Grundbegriffe als unmittelbar unterschieden herauszusetzen wusste.

Indessen, nicht sowohl soll im Sein Dasein und Fürsichsein, sondern vielmehr in diesem als der vollendeten Qualität das Sein und Dasein einheitlich enthalten sein; es soll die eine Theilbestimmtheit des Seins, das Fürsichsein, zum freilich nur ideal bestimmten Sein selbst werden, worin das frühere Sein neben dem Dasein als ideales Moment zur Geltung kommt. Leider nur, dass diese einem seiner Theile zugedachte Einverleibung des Ganzen, trotz allem zweideutigen Vorbehalte in der Begriffsbestimmung des Seins, ein für allemal unbegreiflich bleibt, womit jede weitere Bestimmtheit des Fürsichseins mittels des Seins sich von selbst verbietet; leider nur, dass das Dasein als ideales Moment und als bestimmtes Fürsichsein ganz unbestimmt bleibt, dass es so nur als völlig inhaltsleere Formbestimmtheit, als leerer Namen den ihm zugedachten Platz ausfüllt. Denn das verhilft der Wissenschaft nicht im Geringsten zum Begriffe der Idealität und Realität, als welche hier das Fürsichsein und Dasein die entsprechenden Urtheilsbegriffe des Seins kenn-

zeichnen, dass der Unterschied behoben, indem die Realität als
die Idealität selbst bestimmt wird. Ideales und Reales heisst es
so lang schlechthin unterschieden neben einander gelten lassen,
als nicht der Begriff des sie beide vermittelnden Einen gewusst
wird, dem freilich weder irgend eine Entwickelungsstufe, und
wäre es selbst die absolute des Idealen, worin das Reale, noch
des Realen, worin das Ideale zweideutig aufgehoben ist, genügen
könnte. Ueber das verständige Entweder-Oder ist vernünftiger-
weise weder durch das Eine noch durch das Andere allein,
eben so wenig aber durch beide, durch das Eine und Andere
zugleich, ohne ein Drittes hinauszukommen. Auch muss begriffsgemäss das Eins nicht sowohl als die Voraussetzung der schlechthin Vielen, sondern seiner im Urtheile herausgesetzten Zwei;
es muss das Eins in seiner Entgegensetzung nicht sowohl als
ein Sichausschliessen von sich selbst, sondern als ein Sichauf-
schliessen in seinem Unterschiede gewusst werden. Sind doch
selbst die Vielen der Vorstellung nur Jedes das Eine, was das
Andere ist, sie sind nur Eins und Dasselbe, als diese Besonderen
unter einander der ihnen gemeinschaftlichen Allgemeinheit;
findet doch mit der Repulsion des Einen von einem Anderen,
Zweiten, zugleich Attraction desselben Einen von Seite eines
Anderen, Dritten, statt, mit der Repulsion des Einen in sich
zugleich Attraction der unter einander Repulsirten.

Dem Begriffe der Qualität reihet sich der Begriff der Quantität an. Qualität und Quantität gehören im und am Sein zusammen, wie überhaupt Geist und Materie als wesentliche Unterschiede jeder Lebensstufe zusammen gehören, wie sie aber auch
auseinandergehen, sofern es jeder auf die eigene Entwickelung
und Bestimmung ihres Wesens in ihrer Erscheinung ankommt.
Daher dem Begriffe der Quantität, wie dem Begriffe des Seins
überhaupt, in der Logik nur so weit Bedeutung zusteht, als im
Unterschiede desselben der Begriff der Qualität, am Begriffe der
Quantität selbst aber eine der Qualität entsprechende Bestimmtheit hervortritt. Nun kommt aber die Quantität höchstens in der
als unterschiedliche Beschaffenheit bestimmten Qualität zur
Geltung, während doch die Qualität nur als Eigenschaft und
Eigenthümlichkeit dem geistigen Wesen entspricht. An und für

sich hat auch das Denken mit der Quantität, Menge, Grösse,
Schwere nichts zu schaffen, der Geist entzieht sich jeder quantitativen Bestimmtheit, wie denn auch der Quantitätsbegriff, auf
den Begriff des Denkens bezogen, in der ihm von Hegel zugedachten Entwickelung und Verwerthung thatsächlich geradezu
leer ausgeht. Er ist eben kein Begriff der Logik, sondern der
Metaphysik. Eine bildliche Anwendung von Quantitätsbestim-
mungen könnte sich aber wohl allenfalls die Vorstellung, niemals
jedoch der Begriff gestatten, niemals ein Wissenschaftsantheil
des Geistes, der sich auf eine begriffsgemässe Entwickelung angewiesen findet.

Kennzeichnet aber An- und Fürsichsein die Qualität, so
bedeutet deshalb Sein für Anderes und am Anderen noch nicht
die Quantität, es befürwortet den Uebergang des An- und Fürsichseins zum Sein für Anderes und am Anderen noch nicht das
Sichaufheben der Qualität zur Quantität. Im Gegentheil, im
Sein für Anderes und am Anderen liegt wohl bereits der Keim
des An- und Fürsichseins, es ist in diesem jener mittel- oder
unmittelbar aufgehoben enthalten; niemals aber wird das An-
und Fürsichsein zu dem Anderen selbst, für welches und an
welchem es ist, niemals wird das Sein für Anderes und am Anderen als An- und Fürsichsein ein wesentlich Anderes. Die
Quantität qualificirt sich wohl, so zu sagen, zur Bestimmtheit des
Quantitativen, die Qualität in ihrem Mehr oder Weniger ist wohl
quantitative Bestimmtheit; niemals aber wird die Qualität erst
zur Quantität, zum Eins, besteht vielmehr ursprünglich in und
am Quantitativen, niemals steht die Qualität, weder von Haus
aus, noch als Resultat, für die Qualitätslosigkeit und damit etwa
für die blosse Quantität ein. Auch ist die Einheit nicht sowohl
das 'Eine ein und derselben Vieler, vielmehr ist das Eine
Eins und das Andere als nicht bloss quantitativ Geschiedene,
sondern ebenso qualitativ Unterschiedene, die es vermittelt,
es ist das Eine selbst erst als das qualitative Eine Einheit.
Blos quantitativ verschieden zerfällt das Eine und geht in die
Vielen auf.

Ganz dahin gestellt bleibt es, wie so das Quantum als begrenzte Quantität dem Dasein, die reine Quantität aber dem Sein

entsprechen soll. Denn einerseits setzt bereits Qualität, eben so gut wie Quantität, das Sein voraus, als dessen Beschaffenheit und Eigenschaft beide erscheinen; andererseits könnte man die Quantität höchstens als unbegrenztes, wie das Quantum als begrenztes Dasein gelten lassen.

Durchaus dialektisch erweist sich dagegen das Zusammen-fassen und die Einheitlichkeit der Begriffsbestimmungen der Quantität und des Quantum als Grad, der sich vergleichsweise mit dem An- und Fürsichsein zusammenstellen lässt, worin die Grösse das Ansichsein der Quantität, die Menge aber das unmittelbar bestimmte Fürsichsein des Quantums vertritt, daher sich denn auch der Grad selbst eben so als extensiv wie als intensiv dem Begriffe darstellt. Die Zahl könnte aber vermöge ihrer wie jeder Besonderheit, eben so ihrer Allgemeinheit angemessenen Einheit nur als Vorstellung oder Begriff gedacht werden, da nur diese wesentlichen Formbestimmungen des Geistes, unmittelbar selbst einheitlich, anderweitig einheitliche Formbestimmung entsprechend zu kennzeichnen vermöchten. Höchstens dass in ihrem Ausser- und Nebeneinandersein zusammengehörige Zahlen mit dem Gedanken, als der Auseinandersetzung des Vorstellungsinhaltes, sich zusammenstellen liessen. Zwischen Vorstellung, Gedanke und Begriff heisst es aber jederzeit genau unterscheiden.

Die Einheit und damit Wahrheit der Qualität und Quantität ist das Mass. Freilich, darin liegt hier die dialektische Bewegung des Begriffes wohl nicht, dass sich die Quantität als Rückkehr zur Qualität bestimmt — das hiesse trotz allem Ausschreiten am Ende nicht vom Fleck kommen — sondern darin, dass Quantität und Qualität, bei allem Unterschiede ihrer Besonderheit, vermöge ihres gemeinsamen Antheiles am Masse, so vermittelt und ausgeglichen, die Begriffsbestimmtheit des Masses als dieser ihrer relativen Identität selbst auf sich nehmen. Daher das Mass eine quantitative Qualität unter Voraussetzung seiner Bestimmtheit als qualitative Quantität; daher das Masslose nicht bloss das Hinausgehen eines Masses durch seine quantitative Natur über seine Qualität, sondern eben so sehr das Ueberschreiten eines Masses durch die Qualität seiner Quantität, welche Unterschiede eben als die Entwickelungstheile des Masses selbst herausgesetzt werden müssten. Ueberhaupt, Qualität in. Quantität und umgekehrt diese in jene übergehen lassen, könnte nur die Verkehrtheit bedeuten, dass wie im Fortschritte das Eine zum Andern, eben so rückläufig dieses wieder zu jenem werde, während doch die genetisch-dialektische Entwickelung gerade darin besteht, dass einerseits das sich bewegende Eine in das Andere übergehe, andererseits dieses das frühere in sich aufnehme und selbstständig weiter führe, Eins und das Andere aber in ihrer Einheit keineswegs bloss.Eins mit dem Anderen und dieses wieder mit jenem einhergehen, vielmehr wie beide ursprünglich aus dem zu Grunde gelegten Einen vermittelt, so am Ende auch beide in dem Einen und durch das Eine selbst unter einander vermittelt sind.

Für die Bestimmung des Denkbegriffes fällt übrigens die Ausbeute des Begriffes des Masses gleich Null aus. Dass es in seiner massvollen Qualität und Quantität als ein in seinem Wesen und seiner Erscheinung vollendetes Sein sich voraussetzt, dessen müsste das Denken hier vor Allem eingedenk sein.

2. Die Lehre vom Wesen.

Aus dem Begriffe des Seins geht allerdings der Begriff des Wesens hervor; nur dass das Wesen begriffsgemäss weder einen dem Sein coordinirten, an Umfang und Bedeutung gleichgestellten, geschweige denn einen dem Sein überordneten Begriff ausmacht, noch es dem Begriffe des Seins unmittelbar angeschlossen werden darf. Der Begriff des Wesens setzt den mehr unmittelbaren Begriff seiner Erscheinung voraus, es stellen sich Erscheinung und Wesen als die Urtheilsbegriffe des Seins heraus, während der Schein ohnedies auf eine bestimmte Form der Erscheinung eingeschränkt bleibt.

Freilich, Hegel weist dem Wesen eine gleich berechtigte, ja bevorzugte Stellung neben dem Sein an. Und wüsste sich das Sein als Bewusstsein und dieses in seinem Wesen als Denken, hätte das Sein die Bedeutung des Denkenseins als des Gedachtseins und entspräche das Wesen dem Wesen des Denkens und damit dem Gedanken — man könnte sich ein solches Begriffs-

verhältniss des Seins und Wesens allenfalls gefallen lassen. Aber
so werden Sein und Wesen sofort als identisch bestimmt, wie
und weil überhaupt Sein und Denken als identisch bestimmt
sind: das Wesen sei wieder das Sein, nunmehr aber ein blosses,
höheres, in sich seiendes Sein; das Wesen sei wieder das Denken,
in und an einem Andern bethätigt, nunmehr aber durch seine
Beziehung auf sich selbst so bemessen. Das Wesen als An-
und Fürsichsein erscheint sich, d. h. denkt sich wohl in diesem
seinen Unterschiede und ist selbst dieses Denken; aber das
Denken als Denken, in seinem Unterschiede als Gedachtes
und Gedanke, weiss hier wie dort nichts von sich. Das Denken
geht wohl phänomenologisch auf das Bewusstsein als auf seine
Inhaltsvorlage und seinen ergänzenden Urtheilsbegriff ein, aber
es weiss doch diese Entwickelungsstufe des Geistes nichts
weniger als logisch für sich auszunützen. Das Wesen hält sich
an das Sein, das Denken aber an die mit dem Wesen unmittelbar gesetzten Begriffsunterschiede.

Zunächst wird das Wesen als Grund der Existenz
bestimmt. Und da das, was existirt, als Sein und Denken existirt,
so müsste das Wesen eben den Grund für die Existenz des
Seins und Denkens abgeben.

Vor Allem handle es sich aber hier um die Reflexions-
bestimmungen, um die Denkbestimmungen, d. h. um die Denkgesetze als Grund der Existenz des Denkens selbst. Nun lässt
sich aber die durch den Satz bemessene Auseinandersetzung des
Denkens nicht begriffsgemäss durchführen, bevor nicht die volle
Bestimmung des Denkbegriffes und im unmittelbaren Zusammenhange damit des Begriffes überhaupt herausgesetzt ist. Der im
Denkgesetze satzgemäss erweiterte Begriff setzt die Wissenschaft
seiner Erweiterung im Urtheil und Schluss voraus. Kein Wunder
also, dass die hier unmittelbar eingeführten Denkbestimmungen,
indem sie sich der Begriffsbestimmung des Wesens als eines
äusserlichen Mittels bedienen, ohne recht zu wissen, wie und
warum, zur Sprache kommen.

Die erste Denkbestimmung spricht sich als Identität aus.

Das Wesen des Denkens ist das Selbstdenken, es ist das
Denken des Denkens, und so unmittelbares Denken, als späteres

oder früheres ganz dasselbe Denken. Das Denken des Denkens ist Denken. Indessen das Denken denkt so nicht bloss, dass es denkt, denn darin läge nicht die geringste Auseinandersetzung, um die es ihm doch auch in seinem unmittelbarsten Gesetzesausdrucke zu thun ist, es denkt damit zugleich dass es ist, dass sein Sein Denkensein ist, und denkt damit sich selbst mit dem Sein als identisch. Das Denken ist, und sofern es ist, ist es Denken; A ist = A, d. h. A ist, und sofern es ist, ist es A. Es heisst also dieses Gesetz nicht so sehr als Gesetz des abstracten Verstandes, welches selbst von jedem unmittelbaren Unterschiede und Auseinandersetzen absieht, sondern als Gesetz des gesunden Menschenverstandes und des wirklichen Bewusstseins erkennen, welches wie von jedem Dinge, auch vom Denken zu sagen weiss, dass es ist, und eben dieses Ding ist. Und darin hat das Bewusstsein und Denken unzweifelhaft recht, darin sind sie beide wahr; darin wird auch dieses Denkgesetz durch kein folgendes aufgehoben, welches das Gegentheil dieses Gesetzes zum Gesetze erhöbe. Freilich darf man die Identität weder schlechthin als A = A bestimmen, noch die Auseinandersetzung in die überflüssige Negation verlegen, dass A nicht zugleich A und nicht A sein könne.

Als zweite gesetzliche Denkbestimmung wird die des Unterschiedes eingeführt.

Dieses Denkgesetz wirkt, wie gesagt, bereits unmittelbar im Gleichheitssatze, indem es auseinandersetzt, dass ein Ding ist, dass es eben dieses Ding ist, und so und so heisst. Was das Ding, was das Denken ist, bleibt so allerdings dahingestellt. Indem nun das Ding und damit das Denken an Anderen unterscheiden lernt, was es nicht ist, wird es gleichsam herausgefordert, sich selbst kennen zu lernen. Freilich bekräftigt es damit doch nur das Bewusstsein seiner Identität; was es an und für sich selbst ist, erfährt es so noch nicht, zu einer Auseinandersetzung seiner selbst vermag es sich so nicht zu erheben. Auch die von ihm Unterschiedenen lässt es dahin gestellt. A ist nicht B, nicht C u. s. f. Gleichwohl setzt diese Formel, obschon sie den Unterschied nur nach einer Richtung hin kennzeichnet und denselben überdies in's Unendliche sich verlieren lässt, den Zusammenhang des Einen, Sichselbstgleichen, mit dem Anderen, von sich Unterschiedenen voraus. Und bleibt auch für das mit sich Identische der so bestimmte Unterschied ein äusserlicher, sind ihm die Unterschiedenen gleichgültig, hat für seine Bestimmtheit das Eine eben so viel Werth und Geltung als jedes Andere — es gibt doch weder den Unterschied der von ihm Unterschiedenen unter einander, noch die durch seine Beziehung, trotz allem Unterschiede, eingestandene Gleichheit mit denselben auf. Trägt daher Hegel die Gleichheit als eine Identität solcher, die nicht identisch mit einander sind, und die Ungleichheit als die Beziehung von Ungleichen vor, so soll das eben nur heissen, dass Dinge, die einander gleichen, sich doch auch unterscheiden, die Unterschiedenen aber, nichts weniger als völlig von einander verschieden und geschieden, sich doch auch mit einander vergleichen lassen. Zudem wäre der wesentliche Unterschied nicht so sehr als Entgegensetzung, sondern als Auseinandersetzung zu begreifen; es hätte Jedes nicht bloss das Andere seines Andern zu sein, sondern sein unterschiedenes Anderssein aus sich selbst herauszusetzen; es dürfte sich die Einheit der Unterschiedenen nicht bloss mit dem Aufgehobensein des Einen im Andern, und dieses wieder in jenem begnügen. Mit Recht wird dagegen das Missverständniss des Satzes vom ausgeschlossenen Dritten zurückgewiesen, das im Unterschiede über die blosse Negation des einen Unterschiedenen nicht hinauskommt, das dem Blau das Nichtblau gegenüber stellt, ohne dieses wieder positiv, etwa als Gelb zu bestimmen. Nur dass man die Einheit von Blau und Gelb nicht in eine Vermittelung setze, wornach einerseits das Blau sowohl sich selbst, als Nichtblau, und das Gelb, andererseits das Gelb sowohl sich selbst, als Nichtgelb, und das Blau in sich enthalten soll, nur dass man zu diesem Behufe ein selbstständiges Drittes, hier das Grün, einzuführen wisse.

Aber davon scheint die Hegel'sche Logik in der That keinen rechten Begriff zu haben.

Wohl schliesst sie dem Satze der Gleichheit und des Unterschiedes den Satz der Einheit als drittes Denkgesetz an, allein die Einheit ist eben nur das Eine von den Unterschiedenen, welches sich selbst als das Nichtnichteine und das Andere zusammen nimmt; die Einheit sind die Zwei in ihrem Uebergehen des Einen in das Andere und damit das Zugrundegehen Eines oder des Anderen; die Einheit ist die Zwei-, aber nicht die Dreieinigkeit. A ist nicht nicht A und B. Es müsste aber vielmehr heissen: A ist a und z, d. h. das Eine ist die Einheit der aus sich selbst herausgesetzten Zwei, welche wohl dem Einen und unter einander sich gleichen, aber doch von dem Einen und unter einander verschieden sind, welche das Eine vollständig heraussetzen, gleichwohl es aber nicht ersetzen, vielmehr trotz aller Entzweiung vermittelt in ihm enthalten zu der einheitlichen Entwickelung des Dritten beitragen. Bestimmungen, wie: dass der Grund nicht nur die Identität, sondern eben so wohl der Unterschied der Identität und des Unterschiedes sei, decken ganz unverholen die Ohnmacht des Begriffes und der ihm gemässen Auseinandersetzung auf. Auch ist es unzulässig, den Satz der Einheit als Satz des Grundes einzuführen. Denn abgesehen davon, dass eine solche Bestimmung des Einheitssatzes mit der früheren der Denkgesetze als Satz der Gleichheit und des Unterschiedes schlecht übereinstimmt, setzt der Grund in dem Begründeten wohl sein Anderes hinaus, ohne jedoch die für die Einheit wesentlich nothwendige Auseinandersetzung dieses seines Andern selbst als Unterschiedener und dabei doch Sichselbstgleicher zu fordern. Grund und Folge sind eben Zwei, die es niemals zu einem Dritten, niemals zur selbstständigen Einheit Unterschiedener bringen. Zudem könnte die Begriffsbestimmung von Grund und Folge nur unter Voraussetzung der Begriffsbestimmung von Ursache und Wirkung und der weiteren von Bedingung und Zufall vollinhaltlich begründet und vermittelt auseinandergesetzt werden.

Mit einem Worte: der Hegel'schen Logik geht die begriffsgemässe Bestimmung des endgültigen Denkgesetzes ab, welches die früheren zwei Gesetze vermittelt in sich enthält; der sich selbst bewegende Begriff macht wohl einen Schritt, auch den zweiten, ohne dass er es jedoch verstände zum dritten, entscheidenden voruschreiten; oder vielmehr, er schreitet wohl mit dem ersten aus, nimmt aber im zweiten den ersten wieder zurück, negirt ihn, so dass er mit dem dritten eben nur den zweiten im

Fortschreiten zurücklegt. Daher die zwei Theile des einen
Ganzen nur dadurch zum dritten gelangen, dass der eine von
den zwei Theilen wieder in zwei zerfällt und unter verschiedenen
Namen und in besonderer Entwickelung sich darstellt, statt dass
neben den zwei Theilen des Ganzen dieses selbst, seine herausgesetzten Theile vermittelt enthaltend und eigenthümlich vorgeschritten, als dritter Theil sich darzustellen hätte.

Auch wird man es bei aller billigen Rücksicht auf die
Identität des Seins und Denkens schwerlich logisch rechtfertigen
können, dem Grunde der Existenz des Denkens, der sich als
das Gesetz der Bestimmungen des Denkens zu erkennen gibt,
die Existenz als schlechthin Existirendes anzureihen. Das was
draussen existirt, geht den Geist hier, wo er sich selbst als
denkenden Geist kennen lernen will, wahrlich nichts an, wie
denn auch die Folgerung, dass aus dem Grunde eine Existenz
hervorgehen müsse, die Begriffsbestimmung der Existenz und
des Grundes kaum mit dem dünnsten Fädchen der Dialektik
an einander knüpft. Ueberdiess wird Grund und Ursache ver-
wechselt. Der Blitzstrahl ist nicht der Grund, sondern die Ursache des Brandes; zwischen Blitz und Feuersbrunst besteht
kein aus dem Blitzstrahl selbst nothwendig hervorgehendes Folge-
verhältniss zum Brande. Die Begriffsbestimmung der Existenz,
von Hegel selbst nahezu übergangen, füllt eben nothdürftig genug
eine Lücke aus.

Endlich wird der Grund der Existenz und die Existenz
selbst in das Ding, als in das einheitliche Ganze des Grundes
und der Existenz verlegt, das Ding aber sofort identitätsgemäss
einerseits als Ding schlechtweg, andererseits als Ding an sich
eingeführt. Das Ding schlechthin und sein Zerfall in Materie
und Form geht uns hier nichts an. Auch legt Hegel auf den
Zusammenhang desselben mit dem Dinge an sich kein Gewicht.
Von diesem ist aber zu sagen, dass es so ist, sofern es für das
Denken ist. Ein anderweitiges Ansichsein, das dem Dinge selbst
zukäme, gibt es nicht; das Ding ist und hat kein Ich, darin
hängt es ganz und gar vom Fürsichsein des Denkens ab. Gleichwohl mag man sich hüten, daraus die völlige Unabhängigkeit
und Apriorität des Denkens in der Bestimmung der Dinge zu

folgern. Im Gegentheil, das Denken ist darin an das ihm vorhergehende Bewusstsein gebunden, an die Erfahrung und Erkenntniss, welche die den Dingen als Beschaffenheit zugehörigen
Erscheinungen betreffen. Nur das Ansich, nur dieses Wesen
der Dinge hängt vom Denken ab, und zwar unter der Voraussetzung, dass sich das Denken selbst bereits an dem von den
Dingen aufgedrungenen Bewusstseinsinhalte zurecht gefunden habe.

Als zweite Hauptbestimmung der Lehre vom Wesen wird
die Erscheinung vorgeführt.

Wie gesagt, Erscheinung und Wesen sind ein Begriffspaar,
wie Leib und Seele zusammengehörige Begriffe, welche sich in
dem Umfang ihres Inhaltes und seiner Bedeutung gegenseitig
decken, als solche auch bei Hegel in dem Begriff der Wirklichkeit aufheben. Aber dann müsste auch diese, und nicht das
Wesen als der einheitliche Begriff dieser Urtheilsbegriffe vorausgesetzt werden. Und eine wichtige Stufe der logischen Idee ist
die Erscheinung allerdings, sofern man sie als Erscheinung des
Denkens bestimmt und heraussetzt, also in dem, dass und was
unmittelbar gedacht wird.

Die Erscheinung als Welt der Erscheinung lässt Hegel als
nicht hieher gehörig bei Seite.

Aber auch die Bestimmung der Erscheinung als Inhalt und
Form, welche in der Erkenntniss gipfelt, dass der Inhalt nichts
sei als das Umschlagen der Form in Inhalt, dass die Form nichts
sei als das Umschlagen des Inhaltes in Form, fertigt er eben
nur so ab. Davon, wie die Form im Fortschritte ihrer Gestaltung sich selbst zum Inhalte werde, die Vorstellungsform zum
Inhalte der Form des Gedankens, der Gedanke so zum Inhalte
des Begriffes, wie die Begriffsform für die Form des Urtheils,
diese wieder für die des Schlusses den Inhalt hergibt, davon
weiss uns die Logik hier nichts zu sagen.

Von Bedeutung für den Begriff des Denkens, wie für den
Begriff überhaupt, erweist sich dagegen die Bestimmung der
Erscheinung als Ausdruck des Verhältnisses: dass Eins und
Dasselbe als die Entgegensetzung selbstständiger Existenzen und
als ihre Beziehung sich herausstellt, in welcher Beziehung die
Unterschiedenen allerdings das sind, was sie sind. Denn damit

wird die Art und Weise der Hegel'schen Dialektik blossgelegt: das Aufgehen Eines und Desselben in die Entgegensetzung seiner unterschiedenen Theile, welche Theile, nunmehr selbstständig, durch die Beziehung auf einander an der Identität ihre gemeinsame, einheitliche Existenz haben und so zusammen genommen das Ganze ausmachen. Und wohl hört das Ganze auf ein Ganzes zu sein, indem es getheilt wird. Allein dass es so selbst ein Theil werde, in selbstständiger Entwickelung, die früheren Theile vermittelnd, über diese Theile gestellt — diese Dreitheilung des Begriffes in seine zwei Urtheilsbegriffe und in den Schlussbegriff, heisst es doch auch als der Selbstbestimmung des Begriffes und aller geistig vermittelten Eintheilung entsprechend anerkennen. Zudem wird auch hier das Begriffsverhältniss des Denkens selbst fallen gelassen und, wie zum Vorbilde, eine für die Denkbestimmung äusserliche Darlegung des Verhältnissbegriffes aufgestellt. Und immer wieder kehren dieselben Formen und Formeln zurück, welche die Logik nahezu langweilig machen. Aber auch schwer verständlich. Ja genug oft lässt die Schablone gar kein Verständniss einer Begriffsauseinandersetzung zu, wie z. B. die Reflexion in Anderes, die eben so sehr Reflexion in sich ist; der Unterschied, welcher eigentlich kein Unterschied und doch ein Unterschied sein soll; das Ansich, das sich eben so sehr für sich, darin aber weder an sich noch für sich, sondern gleichgültig verhält.

Endlich wird die dritte Hauptbestimmung der Lehre vom Wesen der Wirklichkeit zugewiesen, als der unmittelbar gewordenen Einheit des Wesens und der Existenz, des Innern und des Aeussern, des Denkens und des Seins, welche Wirklichkeit, je nachdem auf das Eine oder Andere bezogen, sich dadurch in ihrer Bestimmtheit jeweilig bemessen zeigt. Freilich, das Denken selbst falle nur wirklich aus, indem es sich im und am Sein verwirklicht, und insofern sei das Wirkliche das Vernünftige, das Vernünftige aber allein das Wirkliche — das heisst, müssen wir hinzusetzen, das allein Wirkliche des Denkens, dem sich die Bestimmung des Denkvernünftigen als Begriff und Idee anschliessen. Nur so lässt sich die Wirklichkeit in ihrer Identität mit der Vernünftigkeit als Möglichkeit begreifen.

Dagegen hat man im Begriffe keinen Anhaltungspunkt, die Möglichkeit und Zufälligkeit als Momente der Wirklichkeit selbst zu denken. Einerseits sind Möglichkeit und Wirklichkeit coordinirte Begriffe; andererseits steht Zufälligkeit weder mit der Wirklichkeit noch mit der Möglichkeit im nothwendigen Zusammenhang. An der Wirklichkeit ändert ihre Zufälligkeit nichts; die Möglichkeit schliesst aber den Zufall in seiner Blindheit aus. Höchstens könnte sie sich zu seiner ersten Bedingung aufwerfen.

Wird aber die Wirklichkeit als der in Eins fallende Wechsel des Innern und Aeussern, als der Wechsel ihrer entgegengesetzten Bewegungen, die zu einer Bewegung geeint sind, und damit als die Nothwendigkeit behauptet, so wäre auch hier das Aeussere und Innere der Nothwendigkeit als Zwang und Nöthigung, als von Aussenher- und als Durchsichselbstbestimmtsein, und so der Freiheitsantheil in der Nothwendigkeit zu begreifen, zugleich aber diese unterschiedliche Bestimmtheit für die Denknothwendigkeit zu verwerthen, indem das Zwingende für das Denken dem ihm vorhergehenden Bewusstsein, das Nöthigende aber dem im Denken selbst sich zeitigenden und daraus entspringenden begriffsgemässen Wissen zugewiesen wird. Ebenso liesse sich in der Denkthätigkeit das Gedachtsein als ihr unmittelbares Sichabgenöthigtsein, der Gedanke aber als ihre Selbstbestimmtheit unterscheiden.

Die Wirklichkeit in ihrer Nothwendigkeit soll aber zunächst an dem Substantialitätsverhältniss ihren Ausdruck finden.

Die Substanz, das, was überhaupt ist, das Sein, hier das Denkensein, wird als die Totalität ihrer Accidenzen, als das, was die Totalität im Besondern hergibt, herausgesetzt, sofort aber auch hier wieder die Identität dieses Unterschiedes, auch hier wieder die Substanz selbst als Identität eingeschärft, die als absolute Identität der durch die unmittelbare Einheit des Seins und Denkens bestimmten Spinozistischen Substanz eine allerdings zweifelhafte Vermittelung zuführt. Das Absolute sei nicht sowohl Sein und Denken, sondern im Absoluten vielmehr das Sein Denken, und das Denken selbst Sein.

Als eigentliches Verhältniss der Nothwendigkeit ergebe sich jedoch das Causalitätsverhältniss.

Dass die unterschiedlichen Verhältnissauseinandersetzungen des Denkens, welche seine Nothwendigkeit und Allgemeingültigkeit begründen, ohne Zusammenhang in der verkehrtesten Aufeinanderfolge zur Sprache kommen, musste schon längst auffallen. Zuerst, bereits gelegenheitlich der Entwickelung der Denkgesetze, wurde das Verhältniss von Grund und Folge eingeführt; hinterher, bei der Begriffsbestimmung der Wirklichkeit, das Verhältniss von Bedingung und Zufall; endlich hier das Verhältniss von Ursache und Wirkung. Und doch liegt es wie in der natur-, so auch in der begriffsgemässen Art und Weise, dass sich die Auseinandersetzung des Verhältnisses von Bedingung und Zufall zu der von Ursache und Wirkung, diese aber erst zu der von Grund und Folge fortbewege. Das hier als endgültig eingeführte Causalverhältniss kennzeichnet denn auch wesentlich noch das äusserliche Verhalten von Auseinanderkommen und Aufeinanderbeziehen. Ursache und Wirkung bestehen neben einander fort. Die Bewegung des Auseinanderentstehens und Ineinanderaufgehens findet nur unvollkommen statt; die Ursache ist nur zum Theile verwirklicht, die Wirkung nicht jederzeit von ihrer Ursache allein abhängig. Unbedingt hervorzugehen vermag eben nur die Folge aus dem Grunde; völlig aufzugehen nur der Grund in die Folge. Daher nur diese schlussgemässe Verhältnissbestimmung wesentlich massgebend für jede, wie immer geartete, innerliche, geistige Entwickelung. Der causa sui aber, als der für sich selbst wirkenden Ursache, die in dieser ihrer Wirkung möglicherweise wieder als Ursache wirksam ist, die Bedeutung einer absoluten, unmittelbaren Wirkung zu unterlegen, in die Wirkung erst die Wirklichkeit der Ursache und die Ursache der Wirkung zu setzen, bleibt geradezu begriffswidrig.

Indessen, erst in der Wechselwirkung gipfle sich das Verhältniss aller Nothwendigkeit die Wirklichkeit zu denken, aller ihrer Gesetzlichkeit.

Und doch muss sich die Wissenschaft auch gegen diese Zumuthung sofort verwahren, und doch kann sie in der Wechselwirkung nur die wesentliche Begriffsbestimmung eines Natur-, keineswegs aber eines Denkgesetzes, nur die Begriffsbestimmung

des chemischen Gesetzes, als dieses Gesetzes der Anziehung und
Abstossung erkennen. Selbst in der unvollkommensten Anziehung
liegt an und für sich kein Beweggrund zur Abstossung, in dem
schwächlichsten Abstossen kein Anstoss zur Anziehung; selbst
die eingehendste Wechselwirkung enthält keine Vermittelung
der Abgestossenen und Angezogenen, die sich Anziehenden
reissen sich von Andern los, die sich Abstossenden ziehen Jedes
ein Anderes an; selbst die innigste Wechselwirkung erzielt
höchstens ein Zusammenwirken, keineswegs aber eine einheitliche Wirkung, geschweige denn dass sie die Aufeinander-
bezogenen in einem Dritten zusammen nimmt. Ziehen sich B
und C wechselseitig an, so wird B von A, C von D abgezogen;
stossen sich B und C wechselseitig ab, so wird B von A, C von
D angezogen, ohne dass sich Anziehung und Abstossung von
B und C wechselseitig bedingen, verursachen oder begründen,
ohne dass sie es unter einander oder mit einem Andern zu einer
Einheit bringen. Ueberhaupt dürfte die Verhältnissbestimmung
der Wechselwirkung nur in dem Sinne als Begriffsbestimmung
der Identität geltend gemacht werden, dass das Eine auf das
Andere, und Dieses auf Jenes, keineswegs jedoch, dass wie das
Eine auf das Andere, ganz so umgekehrt wieder dieses auf jenes
einwirkt; nur in dem Sinne, dass einmal das Eine in dem Andern,
das anderemal dieses in jenem mitwirkt, keineswegs jedoch, dass
wie einmal die eine Wirkung in die andere, so das zweitemal
diese in jene ganz und gar aufgeht. Denn im Grunde käme so
das Denken, obschon es die Identität als die endgültige Nothwendigkeit für sich behauptet, dennoch über das von ihm ver-
fehmte Entweder-Oder nicht hinaus, ausser es hielte sich, indem
es den Unterschied des Einen und des Andern fallen lässt, an
das Eine und Dasselbe, welches aber freilich jede Wechselwirkung
ausschlösse.

An der Schwelle des Begriffes zu stehen — dessen kann
sich daher ein durch die Wechselwirkung seiner Thätigkeit hin
und her bewegtes Denken nicht berühmen. Schon vermöge
seinem rein geistigen Wesen muss sich der Begriff dagegen
sträuben, das Causalverhältniss als das in ihm endgültige Verhalten seiner Denk- und Wissensthätigkeit zu bekennen; Urtheils-

begriffe werden aber trotz aller ihrer Wechselwirkung den Unterschied ihrer Einwirkung auf einander nie aufgeben.

Und so bethätigt sich auch die Lehre vom Wesen als eine Denklehre, in welcher sich das Denken, durch Andere belehrt, im unmittelbaren Anderssein, keineswegs aber an und für sich selbst kennen lernt. In seiner eigenen Bestimmtheit wird sich das Denken weder im Sein noch im Wesen gegenständlich.

3. Die Lehre vom Begriffe.

Dass Sein und Wesen vermöge ihrer vorgebrachten Entwickelung und Bestimmung in den Begriff selbst nicht eingehen können, der Begriff mit dem Sein und Wesen nur äusserlich zusammenhänge, daher trotz aller einleitenden Vermittelung so gut wie unmittelbar dastehen werde, lässt sich im Voraus wissen. Führt aber die Hegel'sche Logik den Begriff als die Selbstständigkeit ein, „welche das von sich Abstossen in unterschiedene Selbstständige, als dies Abstossen identisch mit sich, und diese bei sich selbst bleibende Wechselwirkung nur mit sich ist"; so fordert sie geradezu allen Scharfsinn heraus, in dieser „härtesten" Auseinandersetzung sich der Dialektik zu versichern. Und behauptet sie zu diesem Behufe „den Begriff als das Freie, als die für sich seiende, substanzielle Macht und Totalität, in dem jedes der Momente das Ganze ist, das er ist"; so stützt sie sich auch hier wieder auf eine der „in sich verkehrten" Bestimmungen der leidigen Identität, die, indem sie sich dem Unterschied gegenüber stellt, damit ohne es zu wissen sich selbst widerspricht. Zudem, obgleich sie die Wahrheit der Nothwendigkeit als die Freiheit und als die Wahrheit der (denkenden) Substanz den Begriff verkündigt, bleibt sie uns auch hier noch immer den wahren Begriff des Denkens und den Begriff der Wahrheit in ihrer Nothwendigkeit als erwiesenes Wissen schuldig.

Hegel unterscheidet zunächst den subjectiven Begriff, das An- und Fürsichsein von Begriff, Urtheil und Schluss.

Mit Recht legt er das grösste Gewicht darauf — und es thäte Noth, auch heutzutage immer wieder es einzuschärfen — dass man sich den Begriff nicht sowohl als blosse Form, als gleichgültigen Behälter von Vorstellungen und Gedanken, sondern als die wahre Form alles geistigen Inhalts, als die eigentliche Form der Wahrheit denke. Nur hätte er uns mit dem gleichen Nachdruck belehren sollen, dass und wie die Form in der Wissenschaft an sich selbst einen Inhalt habe, da nur unter dieser Voraussetzung die Lehre vom Begriff, Urtheil und Schluss in ihrer wissenschaftlichen Bewegung sich durchführbar erweist, gerade in dieser Auseinandersetzung aber die Logik das Muster aller begriffsgemässen Bewegung hinstellt, gerade in der Lehre vom Begriff, Urtheil und Schluss die Wissenschaftlichkeit des Standpunktes über den Standpunkt der Wissenschaft überhaupt entscheidet.

„Der Begriff als solcher enthält die Momente der Allgemeinheit, als freier Gleichheit mit sich selbst in ihrer Bestimmtheit — der Besonderheit, der Bestimmtheit, in welcher das Allgemeine ungetrübt sich selbst gleich bleibt, und der Einzelnheit, als der Reflexion in sich der Bestimmtheiten der Allgemeinheit und Besonderheit, welche negative Einheit mit sich das an und für sich Bestimmte und zugleich mit sich Identische oder Allgemeine ist."

Das heisst freilich eine Auseinandersetzung, in welcher sich der Begriff selbst schwerlich erkennen, durch die er sich schwerlich bestimmt finden dürfte. Zudem könnte in dieser Art und Weise nicht bloss dem Begriffe, es könnte auch dem Gedanken und der Vorstellung, ja selbst der Wahrnehmung und Empfindung Allgemeinheit, Besonderheit und Einzelnheit zugewiesen werden. Und doch ist dies im Grunde Alles, was der Begriff als solcher von sich zu sagen weiss.

Vom Begriffe kann man aber zunächst nur im Zusammenhange mit dem Gedanken und der Vorstellung als diesem seinem Wesen und Sein wissen.

Und da nimmt denn die Verstandeslogik den Begriff gegenüber der inhaltsvollen Denkform, gegenüber dem Gedanken ganz richtig vor Allem als eine blosse Form des Denkens, als blossen Begriff, welcher für den Gedanken, wie das Vorstellungszeichen für das Erinnerungsbild, eine Bezeichnung abgibt. Der Begriff selbst ohne eigenen Inhalt und den ihm äusserlichen

Gedankeninhalt bloss bezeichnend, erscheint so von allem Inhalt
entblösst als leer. Gleichwohl heisst es diese „untergeordnete
Auffassung" des Begriffes wohl beachten. Da sie nicht ohne
Bedeutung für seine weitere Entwickelung ₁ zur einheitlichen
Bestimmtheit ist, der Begriff selbst aber so bereits auf das Bedürfniss, wenigstens in der Form über den Gedanken hinaus-
zugehen, hinweist. Freilich, ein blosses Zeichen bleiben darf
gerade der Begriff am allerwenigsten.

Als Inbegriff des Gedankens spricht sodann der Begriff seine
weitere Formbestimmtheit aus, indem er sich, wie einerseits als
unmittelbar Gedachtes im Gedanken enthalten, ebenso andererseits als gedankenvolles Zeichen denkt. Leer kann man ihn
also nicht mehr heissen, nur dass der zugebrachte Inhalt noch
nicht sein Eigenthum ausmacht. Dass er aber diesem Inhalte in der ganzen Breite seiner Auseinandersetzung sich ein-
verleibt, darin liegt eben der Widerspruch, in welchen er sich
selbst verwickelt, da Vereinfachung sein Ziel ist, er selbst aber
dem bereits bestehenden und erhaltenen Gedanken eine neue
Form hinzufügt. Man könnte ihn so fast für überflüssig halten.
Indessen bekennt und stellt er sich doch zum Gedankeninhalt,
wie zu seinem eigenen Inhalt und weist entschieden auf die
Nothwendigkeit hin, sich diesen ihm nicht mehr ganz fremden
Inhalt behufs der Erreichung seiner Selbstständigkeit anzueignen,
um endlich mit sich fertig zu werden.

Dies erreicht der Begriff als Begriffsbestimmung, so zwar
auch ein Gedankenzeichen, aber sowohl in seinem Bestimmt-
werden durch den Gedanken, als auch in seinem Selbstbestimmen
nunmehr der bezeichnete Gedanke selbst. Daher vermag er
auch, indem er sich in seiner Geltung so bestimmt weiss, den
Gedankeninhalt selbstständig zu vertreten, denselben im Gedächtniss zu behalten, ohne ihn nothwendigerweise aussprechen
zu müssen, indem er sich selbst denkt und ausspricht. Eine
inhaltsvolle Form, wie der Inbegriff, eignet sich die Begriffsbestimmung den Gedankeninhalt an, indem sie ihn in der ihr
entsprechenden Form zusammennimmt und damit ausgesprochen
denkt. Und obschon der Begriff den Inhalt so bloss unmittelbar
an sich hat, auch in seiner Form für sich unvermittelt bleibt,

bethätigt er sich doch so an und für sich als ein voller Begriff: als die einheitliche Form des Gedankens, dieser so vollgültig gedacht und ausgesprochen.

. Und das ist allerdings ein grosser Vorzug des Begriffes, das zu bedeuten, was er ist, das mit einem Worte auszusprechen, was er sich denkt; andererseits aber doch auch kein geringer Mangel, in dem, was er ist, nicht für sich, in dem, was er ausspricht, nicht auseinander gesetzt zu sein. Freilich, dass diese halb aufgenöthigte, halb unabhängig bethätigte Art sich inhaltlich zu denken dem Begriffe nicht genügen könne, lässt sich im Voraus erwarten. Auch darüber braucht man nicht im Zweifel zu sein, wie der Begriff den übernommenen Inhalt zu seinem eigenen machen, in welcher Weise denselben auseinander setzen werde. Braucht er doch nur das, was bereits unbefangen gedacht und ausgesprochen ist, bedachtvoll sich gemäss, also begriffsgemäss auszusprechen. Aus seinem in Begriffen mitgetheilten Gedankeninhalt besteht aber das Urtheil.

Durchaus wissenschaftlich führt auch Hegel das Urtheil als den Begriff in seiner Besonderheit ein, als die unterschiedenen Theile der ursprünglichen Einheit, damit aber als das unmittelbare Ergebniss der Selbstbewegung des Begriffes. Gleichwohl denkt er nicht gut genug vom Urtheil. Unumwunden erklärt er die Form des Satzes, oder bestimmter des Urtheils, für ungeschickt das Speculative auseinander zu setzen, daher das Urtheil durch seine Form für einseitig und insofern für falsch. *)

Und da kann man der Hegel'schen Logik den Vorwurf nicht ersparen, dass sie zwischen Satz und Urtheil nicht scharf genug unterscheide, und zwar einfach deshalb nicht unterscheide, weil sie in dem Unterschiede von Vorstellung und Begriff nicht durchzugreifen weiss. Zwar hält sie sich darüber auf, dass man auch so etwas, wie die sinnliche Vorstellung einer Farbe, einen Begriff nenne; aber sie selbst trägt doch auch kein Bedenken, einerseits von einem Begriffe der Rose oder des Goldes, andererseits

---

*) „Es ist ganz richtig, dass das Subject und Object dasselbe sind. Eben so richtig ist es aber, dass sie verschieden sind. Indem eines so richtig ist, wie das andere, ist damit eben eins so unrichtig wie das andere. Solche Ausdrucksweise ist unfähig, das wahrhafte Verhalten auszudrücken."

von einer Vorstellung des Seins oder des Geistes zu sprechen.
Dem Unterschiede, dass der Begriff mit seinem Inhalte einzig
und allein auf den Gedanken angewiesen bleibt, während sich die
Vorstellung ausschliesslich an die Inhaltsvorlage der Wahrnehmung, überhaupt des sinnlichen Bewusstseins zu halten habe,
scheint sie nicht auf den Grund zu sehen; keinesfalls ist ihr
weder der Uebergang von der Vorstellung zum Gedanken, noch
der vom Gedanken zum Begriffe geläufig. Jedem Urtheile muss
aber vor Allem ein Begriff zu Grunde liegen, da nur der Begriff
urtheilsfähig, der Begriff nur fähig ist, sich in seinen wesentlich
unterschiedenen zwei Theilen vollgültig herauszusetzen, niemals
aber irgend eine Vorstellung, die sich in ihrer Unterscheidung
trotz, oder vielmehr gerade wegen der Fülle ihrer mitgetheilten
Einzelnheiten nicht zu erschöpfen vermag. Daher Sätze, wie:
die Rose ist roth, ein Wagen fährt vorüber u. s. w. schon deshalb
kein Urtheil sein können, weil im Subjecte wohl Wahrnehmungen
und Vorstellungen, aber keine Begriffe angetroffen werden. Allein
auch dem angegebenen Unterschiede von Satz und Urtheil fehlt
die Schneide. „Die Sätze enthalten eine Bestimmung von den
Subjecten, die nicht im Verhältnisse der Allgemeinheit zu ihnen
steht, einen Zustand, eine einzelne Handlung und dergleichen.“
Das heisse ich einen sehr dehnbaren Unterschied, der so gut wie
keiner ist. Oder gilt nicht ein und dieselbe Bestimmung von
einem Subjecte, ebenso ein und dasselbe Subject selbst, je nach
Umständen bald als ein Allgemeines, bald als Besonderes, bald
als Einzelnes? Kommt etwa der Begriff in seiner Einheit jederzeit als ein Allgemeines in Betracht? Bewährt sich nicht die
Vorstellung eben so gut als Allgemeinheit besonderer Wahrnehmungen, wie als Zeichen eines einzelnen Erinnerungsbildes?
Der wissenschaftliche Unterschied zwischen Satz und Urtheil
liegt eben tiefer, er liegt im Gedanken. Denn obgleich der Gedanke wie für den Satz, ebenso für das Urtheil die einheitliche
Grundlage hergibt, obgleich beide, Satz und Urtheil, als Ge-
dankenformen sich herausstellen, der Satz aus einem Setzenden
und aus einem von ihm Herausgesetzten, das Urtheil aus einem
Urtheilenden und aus den von ihm herausgesetzten Theilen besteht, jedes so aus einem Subjecte und Prädicate: so erscheint

doch im Satze das Herausgesetzte jederzeit als irgend Eins oder
ein Anderes, „als das nur Eine der vielen Bestimmtheiten des
Subjectes," während es sich im Urtheile als das Eine und das
Andere herausstellt, es erscheint der Satz so als die in sich un-
begrenzte, das Urtheil dagegen als die in sich und durch sich
abgeschlossene Gedankenform. Freilich tritt auch im einfachsten
Satze, wie: die Rose ist roth, das Herausgesetzte als Ein und
das Andere auseinander, indem nicht bloss das „roth", sondern
auch das „ist" das Prädicat vertritt. Die Rose ist, und sie ist
roth. Ueberdiess gibt es auch einseitige Urtheile, in welchen
nur das Eine oder das Andere herausgesetzt wird. Der eigentliche Grund dieses Unterschiedes liegt, wie gesagt, im Subjecte,
in der durch ihren Inhalt bestimmten Form des Setzenden, das
sich vermöge dieses seines Inhaltes entweder als Vorstellung
oder als Begriff einführt. Keine Vorstellung, auch nicht die
in ihrer Allgemeinheit vorgeschrittenste, ist urtheils-, sie ist bloss
erkenntnissfähig, fähig Wahrnehmungen und Erfahrungen auszusprechen, und dieselben zufolge eines unmittelbaren Denkens
auseinanderzusetzen. Ja selbst dem Begriffe würde kein Urtheil
gelingen, so lang er sich im Heraussetzen vorstellungs-, statt
begriffsgemäss verhielte, so lang er im Heraussetzen nicht
wenigstens den einen wesentlichen Antheil im Begriffe auszusprechen wüsste. Denn das Urtheil, als das Herausgesetzte
des Begriffes, besteht, wie wir sehen werden, wieder nur aus
Begriffen, wie denn bereits im Hinblick auf die Begriffsbestimmung des Satzes das eine entschiedene Kennzeichen für den
Begriff des Urtheils gefordert werden muss: dass das Urtheil
den Inhalt seines ursprünglichen Grundbegriffes begriffsgemäss
heraussetze.

Indem wir auf die Bestimmung der Urtheilsbegriffe, auf ihr
Verhältniss unter einander, sowie auf das Verhalten zu ihrem
Grundbegriffe eingehen, werden sich die anderweitigen Kenn-
zeichen, damit aber die unterschiedliche Entwickelungsweise des
Urtheils von selbst ergeben.

Für die Bestimmung der Entwickelungsstufen des Urtheils
ist aber das Prädicat massgebend, und zwar einzig und allein
die Form des Prädicates, wie sie aus dem Begriffe selbst her-

vorgeht. Alle nicht dem Begriffe selbst entsprungene, äusserlich zugebrachte Formbestimmtheit des Prädicirens, eben so alle
wie immer geartete inhaltliche Bestimmtheit des Prädicates, geht
den Begriff hier nichts an. Immerhin möge sich das Urtheil in
dem Einen wie in dem Andern durch eine nahezu unbeschränkte
Mannigfaltigkeit auszeichnen, immerhin mögen in dieser Beschaffenheit des Urtheils einzelne Bestimmungen in ihrer Bedeutung besonders hervorragen — für die Begriffsbestimmung des
Urtheils sind sie gleichgültig. Damit ist aber über den wissenschaftlichen Werth der von Hegel eingeführten Urtheilsbestimmungen, als qualitatives Urtheil, Reflexionsurtheil und Urtheil
der Nothwendigkeit, bereits das Urtheil gesprochen. Mit dem
gleichen Rechte könnte man hier vom Urtheile der Quantität,
der Modalität und Freiheit, mit gleichem Rechte von positiven,
kategorischen und assertorischen Urtheilen u. s. w. sprechen.
Ueberhaupt handelt es sich hier nicht sofort darum, wie das
Urtheil das sagt, was es sagt, sondern vor Allem darum, dass
es nur das sagt, was es begriffsgemäss zu sagen weiss.

Das qualitative Urtheil, als das Urtheil des Daseins, müsste
eigentlich als Urtheil des Bewusstseins, d. h. als gar kein Urtheil,
sondern als Erkenntniss bestimmt werden. Denn es handelt sich
darin nicht etwa um den Begriff des Daseins, sondern um die
Vorstellung irgend eines Dinges, das da ist, so oder so heisst,
so oder so beschaffen ist. Damit hat aber das begriffsgemässe
Denken nichts zu thun. Das ist Sache der Erfahrung und Erkenntniss; daher die Wissenschaft den einen Erkenntnisssatz:
„diese Handlung ist gut“, eben so wenig als ein Urtheil gelten
lassen kann, wie den andern ihm gegenüber gestellten: „diese
Rose ist roth“. Das Prädicat kommt in beiden gleich „lose und
äusserlich“ dem Subjecte zu, möge dieses immerhin als Begriff auftreten.

Auch das angeführte Reflexionsurtheil ist kein Urtheil. Denn
ob die Prädicate auf Erkenntniss- oder Denkbestimmungen
hinauslaufen, bleibt sich gleich. „Der Begriff des Subjectes wird
dadurch nicht angegeben.“ Hegel selbst stellt hier, wie auch
sonst genug oft, untergeordnete Entwickelungsstufen unbedenk-
lich geradezu als werthlos und unwahr hin. Allein dann gehören

sie gar nicht zur Fortschrittsbewegung des Begriffes, auf dessen erschöpfende Entwickelung die Wissenschaft doch abzielt.

Das Urtheil der Nothwendigkeit könnte man aber eher ein nothdürftiges Urtheil heissen. Vorausgesetzt, dass das Subject ein Begriff ist — das Beispiel: „Gold ist Metall" dürfte man daher nicht wählen — der im Prädicate seine allgemeine Substanz oder Natur heraussetzt, enthält diese Auseinandersetzung ja doch nur den ersten Ansatz zum Urtheil. Und selbst als Urtheil dieser Nothwendigkeit dürfte man es zum Nachtheil anderweitiger Urtheilsbestimmungen keineswegs als solches für sich hinstellen. Denn die Nothwendigkeit des Hervorgehens des Prädicates aus seinem Subjecte, welches Prädicat einen Wesensantheil des Begriffes heraussetzt, gehört zur Begriffsbestimmung des Urtheils überhaupt.

Endlich wird das Urtheil des Begriffes zwar als die herausgesetzte Totalität des Begriffes bestimmt, die Auseinandersetzung dieser Totalität aber als assertorisch, problematisch und apodiktisch nichts weniger als begriffsgemäss dargestellt.

Die Urtheilsformen, in welchen der Begriff einzig und allein denkt und sich weiss, sind ganz andere.

Zunächst das einseitige Urtheil. Der Begriff setzt sich in dem einen oder dem andern Wesensantheil heraus, z. B. die Empfindung als Sinneseindruck; die Wahrnehmung als Unterscheidung der Gegenstände. Dass das Zustandekommen der Empfindung auch den wirksamen Ausdruck dieses Sinneseindruckes an dem Sinnenfälligen fordere, dass zur Wahrnehmungsthätigkeit auch die Vergleichung der Gegenstände gehöre — das denkt der Begriff entweder noch nicht, oder er verschweigt es. Es ist dies eben der erste, zwar unzulängliche, nichts desto weniger aber dem Wesen und der Erscheinungsweise des Urtheils entsprechende Schritt des Begriffes, zu seinem Urtheil zu kommen.

Diesem Urtheil schliesst sich im Fortschritte der Entwickelung die wechselseitige Beurtheilung von Begriffen an. Denn wie schon in allem Anfang des Bewusstseins Sinne und Dinge einander gegenüber stehen und auf einander einwirken, wie sodann Vorstellungen von einander unterschieden und unter einander verglichen werden, endlich wie Gedanken einander einschränken und erweitern: so wird sich auch ein oder der andere Begriff — der ja nicht etwa an einem einzigen Endpunkte des Denkens, sondern in besonderen Gedanken seine Ursprungsstätte hat — in einem oder dem anderen Begriffe, der ihm in seinem einseitigen Urtheile beschränkt oder ergänzt, bethätigen können. Und indem so der eine Begriff den Inhalt des anderen prüft, erforscht er zugleich sich selbst, so zwar, dass je eingehender jeder andere auseinander setzt, er um so gründlicher und vielseitiger sich selbst mit kennen lernen wird. Indessen erst die Wendung, nicht nach anderen, sondern an und für sich, nicht nach fremden, sondern nach eigenem Inhalt und Gehalt sich zu beurtheilen, jeden andern aber eben so sich selbst im Urtheile aussprechen zu lassen, könnte einigermassen für das Zustandekommen eines voll- und endgültigen Begriffes einstehen. Und in der That beurtheilen sich denn auch unmittelbar zu einander gehörige Urtheilsbegriffe unter einander. Der Begriff geht in seine Wesensantheile auf; an die Stelle des einen Begriffes tritt ein an Umfang und durch die Bedeutung ihres Inhaltes zusammengehöriges Begriffspaar, dessen besondere Begriffe sich auseinander setzen. An den für das Urtheil Grund legenden Begriff wird nicht gedacht; die Urtheilsbegriffe haben zunächst unter einander mit sich selbst genug zu thun. Denn auch hier schätzt jeder Begriff, indem er einen anderen beurtheilt, den anderen nach seinem eigenen Inhalt ab. Er muss also jedenfalls bereits ein, wenigstens einseitiges Urtheil von sich selbst haben, bevor er andere beurtheilt, widrigenfalls eine Auseinandersetzung zu Stande käme, die eben so gut keine wäre, wie z. B. die: dass das Wirkliche das Vernünftige, und das Vernünftige das Wirkliche sei; oder die: dass die Erfahrung eine Art von Erkenntniss, und umgekehrt die Erkenntniss wieder eine Art von Erfahrung ausmache. Auch würde nur der vollgültig herausgesetzte Begriff einen andern Begriff vollgültig zu beurtheilen vermögen. Aber selbst einem solchen begriffsgemäss bestimmten Urtheile könnte man den Vorwurf nicht ersparen, dass die zwei Urtheilsbegriffe, die wie unmittelbar ursprüngliche einander gegenüber stehen, ihr Hervorgehen aus der ihnen zu Grunde

gelegten Begriffseinheit so gut wie gar nicht beachten, von ihrer
Entwickelung auseinander geradezu nichts wissen, ihre Einheit
aber gleichwohl darin suchen, dass sie sich als zusammengehörig
betrachten, so unmittelbar zusammen nehmen, ja indem der eine
in den andern als in den entwickelteren aufgeht, wohl gar als
Eins denken.

Der dem Begriffe unterlegte, durch den Begriff selbst zusammen gehaltene und abgeschlossene Inhalt bildet ein in sich
gegliedertes Ganzes. Der Begriff vermag weder auf ein äusser-
liches Zutheilen, noch auf ein völlig trennendes Abtheilen sein
Urtheil zu gründen, ohne sich selbst aufzugeben. Gleichwohl
muss er den Gedankeninhalt in irgend einer Weise aus seiner
Einheit heraustreiben, da er so im Ganzen sich nicht gegenständlich werden, so nicht an und für sich sein, somit auch nicht
sich selbst beurtheilen kann. Und da wird es ihm eben auf
Unterscheidung, und zwar auf wesentlich verschiedene, gleichwohl aber zusammen gehörige Bestimmungen seines Inhaltes an-
kommen; es wird sich die Begriffseinheit der natürlichen Tren-
nungsform gemäss entzweien, um sich aber in dieser Zweitheilig-
keit zu erschöpfen, einmal in dem von sich am entferntest ab-
hängigen, durch mannigfaltige Mittelglieder sich verbunden an
Umfang weitesten, sich am wenigsten ähnlichen und gleich-
gültigeren, das anderemal in dem sich zunächst stehenden, unmittelbar auf sich bezogen dem Umfang nach engsten, sich am
meisten gleichen und wesentlichsten Inhaltstheile heraussetzen
müssen. Indem aber so jede Begriffseinheit, wie immer sonst
unterschieden, jedenfalls in entsprechenden, unter einander sich
ergänzenden Theilen ihren vollen Inhalt bestimmt, indem sie
sich als Gattungsbegriff durch ihre Artbegriffe vollständig ausspricht — z. B. das Sein durch das Dasein und Werden — ge-
nügt sie damit eben der wesentlichen Inhaltsbestimmung des
Urtheils, das sich als Urtheil des Begriffes vom einseitigen Urtheil und von der mittelbaren Beurtheilung der Begriffe unter
einander ganz entschieden abhebt. Der Begriff denkt sich selbst
in seinen Theilen, die er, und zwar den ersten unmittelbar, den
zweiten aber durch Vermittelung dieses seines ersten Theiles
aus sich hervorbringt, also in Urtheilsbegriffen, die sich nicht

bloss unter einander, sondern auch von ihrem gemeinschaftlichen Grundbegriffe unterscheiden, in dieser Beziehung einander, und damit diesem selbst, überdiess auch in ihrer einheitlich begründeten Besonderheit unter einander gleichen, gerade dadurch aber sich befähigt zeigen, als in ihrem ursprünglichen Begriffe enthalten gewusst und ausgesprochen zu werden. Im Urtheile des Begriffes ist daher nicht wie im einseitigen Urtheile bloss der Grundbegriff, es sind auch nicht wie in der wechselseitigen Beurtheilung bloss die Urtheilsbegriffe, sondern sowohl diese als jene thätig. Der Begriff des Bewusstseins z. B. denkt sich und setzt sich in seinem Urtheil als sinnliches und übersinnliches Bewusstsein heraus, weiss aber auch diese seine Urtheilsbegriffe der Sinnlichkeit und Uebersinnlichkeit als eigenthümliche Entwickelungstheile seiner selbst in sich enthalten, und so sich als Selbstbewusstsein bestimmt. Vollgültig erscheint aber der Begriff in seinem Urtheil, indem die Urtheilsbegriffe die wesentlichen Bestimmungen seines Inhaltsumfanges auseinander setzen; vollgültig der Begriff selbst, indem er seine Urtheilsbegriffe als in ihrer Einheitlichkeit ausspricht. Der Begriff ist selbst das Urtheil: das Sicheintheilen, das seine Theile als einheitliches Ganzes, oder vielmehr die aus der Einheit hervorgegangene Entzweiung, die sich in dieser ihrer vorausgesetzten Einheit bereits als in einem Dritten geeint weiss.

Das Urtheil enthält also erst den eigentlichen Inhalt des Begriffes, des Begriffes eigenen Inhalt, der zwar dem übernommenen Inhalte des zu Grunde liegenden Gedankens gleicht, gerade aber durch die begriffsgemässe Form als wesentlich verändert und gefördert sich herausstellt. Das Urtheil des an und für sich seienden Begriffes führt sich als ein Sichmittheilen in Begriffen ein, nach vom Begriffe selbst ausgehender Entscheidung und ihr gemässer Unterscheidung. Insofern giebt es nur ein Urtheil. Gleichwohl hindert diese seine wesentliche Bestimmtheit das Urtheil keineswegs, mannigfaltig zu erscheinen. Wird es doch durch den Satz ausgedrückt, der selbst wieder von eigenthümlichen Bestimmungen seiner Grundformen abhängt. Je nachdem das Subject als einzelnes, besonderes oder allgemeines hervor tritt, je nachdem sich das Prädicat entweder

nothwendiger oder möglicher, bejahender oder verneinender
Weise ausspricht, oder dem Subjecte Dasein, irgend eine äusserliche Beschaffenheit oder tiefere Eigenthümlichkeit zuschreibt,
wird auch ein und derselbe Inhalt des Urtheils in mannigfaltiger
Satzform hervortreten können. Aber, wie gesagt, der Satz
schlechthin ist noch lang kein Urtheil. Möge er immerhin dieselbe Grundform und die gleiche Art der Auseinandersetzung
mit dem Urtheile gemein haben — begriffsgemässer Inhalt und die
diesem Inhalte gemässe Entwickelungsweise des Urtheils gehören
nicht nothwendig zu seiner Wesensbestimmtheit. Sätze als sogenannte Urtheile, wie z. B.: „die Rose ist roth" sind eben Ge-
dankenbestimmungen, einerseits, als rothe Rose, statt auf den
Begriff, auf die Vorstellung zurückgeführt, andererseits, der
Form nach, höchstens im Werthe einer einem einseitigen Urtheile gleichen, statt auf einen Schlusssatz (Definition), auf eine
Beschreibung hinauslaufenden Auseinandersetzung.

Der aus dem Gedanken hervorgegangene, mittels des Urtheils
vollinhaltlich herausgesetzte Begriff findet sich aber so nach allen
Seiten hin abgeschlossen.

Nicht so das Urtheil.

Zwar setzen sich die Urtheilsbegriffe, wie der Grundbegriff
selbst, indem sie sich auseinandersetzen, jeder wieder für sich
in seinem Urtheile heraus und beziehen sich in diesen Urtheilen
auf einander; aber weder brachten sie es bisher so selbst zu
einer für sie beide einheitlichen Begriffsbestimmtheit, noch wusste
sich der den ursprünglichen Urtheilsbegriffen zu Grunde gelegte
Begriff mittels dieser Urtheilsbegriffe als zu Ende geführt auszusprechen. Indem sich aber die Urtheilsbegriffe mittels ihres
Urtheils in einem für sie endgültigen Begriffe heraussetzen,
kommt der Schluss zu Stande.

Hegel dagegen bestimmt den Schluss, statt als Einheit der
Urtheilsbegriffe, als Einheit des Begriffes und des Urtheils, als
ob es darauf ankäme, den Grundbegriff, als den einen Theil,
mit dem Urtheil, als den andern einfachen Theil schlechthin zusammen zu nehmen; als ob der Schluss aus einer Addition von
Begriff und Urtheil bestände, im Schlusse eine mechanische
Bewegung zur Geltung kommen sollte, wie denn Werth und

Bedeutung des Schlusses in der That auf das Verständniss der
Schlussfiguren zurückgeführt, die Nothwendigkeit der Bewegung
und Umsetzung ihrer Bestandtheile aber ganz äusserlich von der
Verhältnissbestimmung derselben als Einzelnheit, Besonderheit
und Allgemeinheit (E B A) abhängig gemacht werden. Entweder
ist das E durch das B mit dem A; oder es ist das A durch das
E mit dem B; oder endlich das B durch das A mit dem E
zusammen geschlossen. Das Schliessen hat so nur die Bedeutung des Vermittelns; „der Schluss ist der Kreislauf der Vermittelung seiner Momente, die vermittelnde Mitte ist die Grundform des Schlusses." Es komme aber alles auf die Satzform
an. Je nachdem der Schlussbegriff Subject, Copula oder Prädicat, je nachdem einer von den Sätzen des Schlusses Ober-,
Unter- oder Schlusssatz sei, demnach falle auch die Schluss-
figur aus, nur dass immer wieder der Copula oder dem Mittel-
satze die eigentliche Schlussthätigkeit zufällt. Die Verhältnissbestimmung des Schlusses zum Urtheil und Begriffe, dass das
Urtheil den Schluss vermittelnd einführen, der Begriff aber das
Urtheil begründen müsse, bleibt unbeachtet. Ja selbst der Zusammenhang der drei Schlussfiguren unter einander beschränkt
sich auf ein Fortschicken des einen Schlusses, im Bewusstsein
seines Ungenügens, zu einem andern Schlusse, ohne dass die
Nothwendigkeit dieser seiner Vermittelung und Begründung begriffsgemäss nachgewiesen wäre.

Als erster Schluss tritt wieder der qualitative Schluss, der
Schluss des Daseins auf: „dass ein Subject als Einzelnes durch
eine Qualität mit einer allgemeinen Bestimmtheit zusammen
geschlossen ist", d. h. ein Begriff durch ein Urtheil mit einem
anderen Begriffe. Die Aufgabe des Schlusses fällt hier einzig
und allein dem Urtheilsbegriffe zu, während doch im Schlusse
der Grundbegriff, die Urtheilsbegriffe und der Schlussbegriff
jeder für sich, und alle im Zusammenhange für einander thätig
sein müssen. Der Zusammenschluss ist eben nur eine Vermittelung Entgegengesetzter ohne Einheitsschluss. Ein eigent-
licher Schluss findet gar nicht statt. In einer Auseinandersetzung
aber, wie: „diese Rose ist roth; roth ist eine Farbe; also ist die
Rose ein Färbiges", liegt einfach deshalb kein Schluss, weil kein

Urtheil, kein Urtheil aber, weil kein Begriff. Und wenn Jemand
zur Winterszeit die Wagen auf der Strasse knarren hört und
dadurch zu der Betrachtung veranlasst wird, dass es wohl stark
gefroren haben möge, so vollbringt er doch hiermit wahrlich
keine Operation des Schlusses, sondern eben nur die einer Betrachtung und Beobachtung, die einer Erfahrung und Erkenntniss. Um solche „richtige Schlüsse" zu ziehen, braucht man
freilich keine Logik studirt zu haben.

Auch im Reflexionsschlusse und im Schlusse der Nothwendigkeit findet kein eigentliches Schlussverfahren, sondern
nur ein Zusammenschliessen statt, geschweige denn, dass diese
Auseinandersetzungen und Folgerungen der Erkenntniss Erscheinungsweisen des Schlusses wären, durch welche sich die
Form des Schlusses wesentlich bestimmt fände.

Es ist aber zu sagen, dass wie das Urtheil aus Begriffs-
theilen des ihm zu Grunde gelegten Begriffes besteht, welche
sich auf einander und auf ihre ursprüngliche Begriffsbestimmung
beziehen; so auch der Schluss auf dem Urtheile des Begriffes
beruht, das er nunmehr vermittelt einheitlich und damit endgültig zusammen nimmt. So durchgreifend sich daher der Unterschied zwischen einem einseitigen Urtheil oder einer gegenseitigen
Beurtheilung und dem Schlusse immerhin herausstelle, das Urtheil des Begriffes und der Schluss, namentlich in seiner ersten
Erscheinungsweise als Schluss des Begriffes, stehen einander
gleichwohl sehr nahe. Wird doch der unmittelbare Schluss, als
welcher das Urtheil des Begriffes gelten könnte, eben durch seine
Vermittelung zum eigentlichen Schlusse. Unerlässlich findet sich
aber der Schluss an das Urtheil und an den Begriff geknüpft,
ohne welchen er niemals zu Stande käme. Nur der Begriff
weiss zu urtheilen, nur das Urtheil sich zum Schlusse zu erheben. Daher das Grundgesetz alles Schliessens, überhaupt
alles begriffsgemässen Denkens, alles Wissens: aus dem Begriffe
mittels des Urtheiles zum Schlusse zu kommen.

Indem sich die Urtheilsbegriffe des vorausgesetzten Begriffes auf einander bezogen im Schlussbegriffe aussprechen,
entsteht der Schluss des Begriffes, der Schlusssatz, die Definition,
als die erste, unmittelbare Schlussweise. Auch der einfachste

Schlusssatz besteht daher aus dem Grundbegriffe, aus den zwei
das Urtheil bildenden Urtheilsbegriffen, endlich aus dem Schlussbegriffe. B. U. S. Wird diese Schlussweise einfach umgekehrt,
so entsteht die zweite Figur dieses Schlusses: S. U. B., d. h.
der Schlussbegriff wird an die Spitze der Definition gestellt, aus
ihm die Urtheilsbegriffe herausgesetzt, am Ende aber erst ihr
einheitlich vermittelter Zusammenschluss vollzogen. Als dritte
mögliche Satzform des Schlusssatzes ergibt sich endlich die Satz-
weise: unmittelbar aus dem Urtheile mittels des die Urtheilsbegriffe einigenden Begriffes zum Schlusse zu kommen. U. B. S.
Es ist das die der Definition am meisten angemessene Schlussweise: unmittelbar von einem Urtheile auszugehen, und zwar
vom Urtheile eines Begriffes, der selbstverständlich vorausgesetzt,
hinterher aber vermittelt ausdrücklich als Schlussbegriff herausgesetzt wird. Z. B. der Sinneseindruck an dem Sinnenfälligen (U)
für sich wirksam (B), ist die Empfindung (S). Die Umsetzung
dieser Definition in die zweite Satzform (S. U. B.) stellt den
Schlussbegriff an die Spitze: die Empfindung ist der Sinneseindruck an dem Sinnenfälligen für sich wirksam. Die erste
Figur (B. U. S.) macht sich aber so als die einfache Umkehr
der zweiten geltend: die für sich thätige Wirksamkeit des Sinneseindruckes an dem Sinnenfälligen ist die Empfindung.

Als zweite Art und Weise zu schliessen gibt sich der
Schluss des Urtheils, die Schlussfolgerung, die Deduction zu er-
kennen. Der Schlusssatz führt sich durch die ihm zugehörigen
Urtheilsbegriffe ein, welche jeder für sich in einem besonderen
Satze ausgesprochen werden, so dass der Schlusssatz wie von selbst
als Folgesatz aus denselben hervorgeht. Daher die Deduction
aus drei Sätzen besteht, aus den zwei Urtheilssätzen, Ober- und
Untersatz, als Vordersätzen, und aus dem Schlusssatz (O. U. S.).
Die Umstellung der Satzform erscheint wieder in den drei den
Begriffsverhältnissen des Schlusssatzes entsprechenden Satzweisen:

O. U. S.

S. U. O.

U. O. S.

Z. B. die über die Sinne her- und in dieselben hineingefallenen Dinge heissen das Sinnenfällige;

die Sinnenfälligkeit als die Einwirkung der Dinge auf die
Sinne und fortgesetzte Wirkung in den Sinnen, ist der Sinneseindruck;

der Sinneseindruck an dem Sinnenfälligen für sich wirksam
macht aber die Empfindung aus.

Die den andern zwei Figuren entsprechende Umsetzung
dieser Sätze ergibt sich von selbst.

Die endgültige Art und Weise zu schliessen liegt aber in
dem Schlusse von Schlüssen, im Beweise, in der Demonstration.
Wie in der Schlussfolgerung der Schlusssatz durch die Vordersätze seiner Urtheilsbegriffe, so wird im Beweise nunmehr der
Schlusssatz durch vorausgesetzte Schlussfolgerungen eingeführt,
überdiess aber selbst als Schlussfolgerung zu Ende geführt.
Daher auch wieder der Beweis aus drei Theilen besteht.

In der für sich gesetzten, hier ersten Schlussfolgerung wird
der Schlusssatz, wie gesagt, durch seine die Urtheilsbegriffe
auseinander setzenden Vordersätze begründet, die freilich selbst,
ohne durch einen andern Schluss abgeleitet zu sein, als unmittelbar gewiss gelten. Der Schlusssatz erscheint so als Grundsatz, als ein Princip, damit möglicherweise als der Ausgangspunkt weiterer schlussgemässer Entwickelung.

Aber in einem solchen Falle müssen der grösseren Sicherheit und des möglichen Beweises wegen die Gründe der Vordersätze, der vorausgesetzten Urtheilssätze, nothwendigerweise selbst
entweder geradezu wieder als Folgesätze aus einem weiteren,
ursprünglichen Grunde hergeleitet, oder doch in Betreff ihrer
Bedingung, um in dem gegebenen Falle als Mittel der Begründung zu gelten, also in Betreff der Zweckmässigkeit, Schluss-
fähigkeit ihrer Vermittelung dem Urtheile unterworfen und als
daraus erschlossen bestimmt werden. Die zweite als Entwicke-
lungsglied des Beweises gesetzte Schlussfolgerung bethätigt sich
so als Vermittelungssatz des früheren Grundsatzes. Der Schluss
selbst übernimmt die Vermittelung, er ist selbst das Vermittelnde,
wie er ja auch selbst die nothwendigen Gründe beibringt, selbst
den letzten Grund zu seiner Vermittelung legt. Diese besteht
aber darin, dass sich die auseinander gesetzten Urtheilsbegriffe,
jeder für sich, in einem Schlussbegriffe einheitlich zusammen

fassen, diese Schlussbegriffe selbst aber das Mittel hergeben zum Abschluss zu gelangen.

Als solchen führt sich der durch und durch vermittelte und damit endgültige Schlusssatz ein. Denn nicht bloss ist in einem solchen Schlusssatz der Begriff durch sein Urtheil, die Urtheilsbegriffe — jeder selbst wieder in einem Urtheil auseinander gesetzt — durch ihre besonderen Schlussbegriffe, diese endlich in einem letzten Schlussbegriffe vermittelt und abgeschlossen, sondern auch der Schlusssatz selbst ist es, indem er seine eigene Begründung und Vermittelung behufs des Nachweises seiner Endgültigkeit als letztes Mittel bethätigt. Der Schlusssatz ist nicht bloss in allen seinen Theilen, er ist auch als Ganzes begründet, vermittelt und abgeschlossen.

Der Beweiss, als dieser Schluss von Schlüssen, besteht also aus dem Grund-, Vermittelungs- und endgültigen Schlusssatze (G. V. S.), welche Theile als Schlussfolgerungen begriffsgemäss auseinander hervorgehen, unter einander zusammen gehören und zu einem einheitlichen Ganzen sich abschliessen. Z. B.

1. Die über die Sinne her- und in dieselben hineingefallenen Dinge heissen das Sinnenfällige;

die Sinnenfälligkeit, als die Einwirkung der Dinge auf die Sinne und fortgesetzte Wirkung in den Sinnen, ist der Sinneseindruck;

der Sinneseindruck an dem Sinnenfälligen für sich wirksam macht aber die Empfindung aus.

2. Indessen, nur wenn der Sinneseindruck bereits in einem Wiederfinden der äusserlich vorgefundenen Dinge in den Sinnen besteht;

wird sich die zu Stande gekommene Empfindung als eben diese durch Einwirkung der Dinge auf die Sinne und in den Sinnen bedingte Rückwirkung herausstellen;

sodann aber auch die Sinnenfälligkeit der Dinge bereits auf der Einwirkung vorgefundener Dinge beruhen müssen.

3. Die Empfindung ist daher in der That der Sinneseindruck an dem Sinnenfälligen für sich wirksam;

weil das Sinnenfällige das vorgefundene und in den Sinnen wiedergefundene Ding;

der Sinneseindruck aber nicht bloss Einwirkung der Dinge auf die Sinne und in den Sinnen, sondern auch Rückwirkung dieser auf die Dinge, und insofern der Ausdruck an den Dingen selbst ist.

Ohne viele Mühe sieht man ein, dass die dem Beweise eigenthümliche Erscheinungsweise davon abhängt, je nachdem etwa:

der Obersatz als unbedingte Voraussetzung, erster Bedingungsgrund, oder unbewiesener Schluss;

Der Untersatz als Erweiterungs-, Folge- oder Begründungssatz; endlich

der Schlusssatz als selbstverständlicher Abschluss, schliesslicher Vermittelungssatz oder endgültiger Grundsatz bestimmt wird.

Dass nur innerhalb aller dieser Schlussformen zugleich eine gewisse Mannigfaltigkeit der Gestaltung eines und desselben Inhaltes stattfinden, dass wie der Begriff und das Urtheil, in gleicher Weise auch der Schluss bestimmt sein könne, überdies dem Schlusse vorbehaltene Erscheinungsweisen sich erwarten lassen, durch Stellung und Verhältniss der enthaltenen Begriffe und Urtheile unter einander bedingt und eingeführt, versteht sich von selbst.

Der Schluss als diese in sich zurückgekehrte Bewegung des Begriffes setzt also das Urtheil, das Urtheil aber den Begriff voraus. Und nur der dem ursprünglichen Gedankeninhalt entsprechende Begriff ist urtheils-, nur ein vollständig auseinander gesetztes Urtheil beschlussfähig, und nur so vermochte der Begriff das, was er ursprünglich dem Namen nach bloss ist, endgültig aus sich zu machen: dargebotenen Gedankeninhalt nicht bloss auf gut Glück zusammen zu greifen, sondern seinem Urtheil gemäss abzuschliessen.

Das ist die Lehre vom Begriffe, die allein wissenschaftliche und wahre, denn sie ist der Wissen schaffende, um dieses sein Schaffen, Denken wissende, in seinem Wissen erwiesene und bewährte Begriff selbst. Aber auch die allein praktische ist sie, denn nur in diesen begriffsgemässen Bestimmungen wird wirklich gedacht, nur in diesen begriffsgemässen Bestimmungen bringt es das Denken zum Wissen.

Vom Begriffe springt die Hegel'sche Logik auf das Object über.

Dieser ihr selbst befremdliche Uebergang soll dadurch be-
greiflich gemacht werden, dass im Zusammenhang mit dem An-
und Fürsichsein, als der Subjectivität des Begriffes, das Object
als die Objectivität desselben bestimmt wird. Indessen, einerseits bleibt ja der Begriff in seinem An- und Fürsichsein nicht
subjectiv, er ist sich im Urtheile und Schlusse objectiv geworden;
andererseits erscheint er in der behaupteten Objectivität vielmehr in seiner Realität, in seiner Wirklichkeit. Freilich bestimmt die Logik die Totalität des Begriffes als die Realität
selbst, will aber unter Realität nur ein in sich, also geistig voll-
ständiges Selbstständiges, und damit im Zusammenhange die
Subjectivität und das Object als Dasselbe verstanden wissen. Da
sie aber dabei doch auch wieder den Begriff der Realität in
seiner natürlichen Bedeutung gelten lässt, so hat sie es sich
selbst zuzuschreiben, dass es sich mitunter anhört, als behaupte
sie schlechthin die Identität der Natur und des Geistes, wie sie
sich denn ja nicht scheut, indem sie die Totalität des Begriffes
der Totalität überhaupt gleichstellt, den Geist geradezu als das
Absolute, welches seinerseits in die Natur übergeht, auszusprechen. Und so führt sich die speculative Idee selbst irre,
trotz allem Bewusstsein, es selbstverständlich doch anders zu
meinen, als sie es so „ungeschickt" ausspricht.

„Der Begriff, welcher zunächst nur subjectiv ist, schreitet, ohne
dass er dazu eines äusseren Materiales oder Stosses bedarf, seiner
eigenen Thätigkeit gemäss, dazu fort, sich zu objectiviren, und
eben so ist das Object nicht ein Starres oder Processloses,
sondern sein Process ist der, sich als das zugleich Subjective zu
erweisen, welches den Fortgang zur Idee bildet." Einerseits
heisst es hier die Auslegung ablehnen, als ob das Sichobjectiviren
des Begriffes je ausserhalb des Begriffes selbst stattfände; als ob
der subjective Geist selbst in die geistige Objectivität, wie sie
in der Materie angetroffen wird, überginge, sich darin nicht
etwa bloss wiederbegriffe, sondern dieses sein Object erst hervor-
brächte. Der Geist ist früher an sich, bevor er für sich wird,
früher objectiver Naturgeist, bevor subjectiver Menschengeist,

obschon der subjective Geist den objectiven wiedergebärt. Aber auch gegen die anderweitige Auffassung muss sich die Wissenschaft verwahren, als ob, indem der subjective Begriff in der Objectivität sich weiss, dieser Objectivität selbst Subjectivität zukäme, als ob der Naturgeist, und sollte es selbst der absolute sein, sich selbst begreifen könnte, als ob diese Objectivität in einem andern Sinne subjectiv gedacht werden dürfte, ausser in dem, dass sie, Objectivität für den subjectiven Geist, damit eben an der Subjectivität des Geistes betheiligt ist.

Die Objectivität wird in die drei Formen des Mechanismus, Chemismus und Teleologie ausgelegt. Letztere nimmt sich neben dem Chemismus verwunderlich genug aus. Auch füllt sie weder den ihr angewiesenen Platz aus, noch unterscheidet sie sich in dieser ihrer Bestimmtheit durchgreifend von den übrigen zwei Formen. Dem Processe der mechanischen und chemischen Bewegung müsste sich der der Selbstbewegung anreihen. Ueberhaupt wird vom Mechanismus und Chemismus und der damit in Zusammenhang gebrachten Teleologie des Begriffes immer nur beiläufig und vergleichsweise die Rede sein können. Namentlich die ersten zwei bleiben dem Wesen des Begriffes, als der höchsten Entwickelungsbestimmung des wissenden Geistes, völlig fremd, wie sie denn auch in der Logik keineswegs zum Begriffe gebracht, sondern aus der Metaphysik herüber genommen als bekannt vorausgesetzt werden. Man lege daher den Mechanismus immerhin in das Ansichsein hinein — für die Begriffsbestimmung des Ansichseins selbst hat er höchstens einen negativen Werth; man denke sich den Mechanismus immerhin als ein Ansichsein — für die Erkenntniss des Mechanismus schaut dabei nichts heraus. Eben so kann wohl die Mechanik, als formell, indifferent und absolut unterschieden, mit der Logik als Begriff, Urtheil und Schluss in Zusammenhang gebracht werden, ohne dass damit der Wesensbestimmung der Logik oder Mechanik nur im Geringsten gedient wäre. Mit Recht gelten in diesem Begriffsverhältnisse Mechanismus und Entgeistigung, mechanisches und gedankenloses Thun als dasselbe. Und gibt auch der Begriff der Integration differenter Theile, welcher den Chemismus kennzeichnet, der Begriffsbestimmung und Entwickelungs-

weise des Urtheils einen Fingerzeig — die wesentliche Verschiedenheit der Theilung und Einigung hier und dort bleibt
doch gross genug. Denn im Urtheil ist die Integration Einheit
der selbstständig erhaltenen Theile, die Theilung aber Entzweiung; dagegen „von dem Processe des Herüber- und Hinüber-
gehens von einer Form in die andere" im Urtheile nichts zu
verspüren.

Der Uebergang von Chemismus zum teleologischen Verhältnisse soll aber darin enthalten sein, dass die beiden Formen
des chemischen Processes, „die Reduction der differenten Theile
zum Neutralen, und die Differentiirung der Indifferenten oder
Neutralen" einander gegenseitig aufheben. Allerdings eine
harte Zumuthung, nicht bloss für den schlichten Menschenverstand, sondern eben so sehr für die durch den Begriff ge-
witzigte Vernunft. Auch verläugnet der Zweck als freier, für
sich existirender Begriff sofort die Objectivität, als deren eine
Formbestimmtheit zu erscheinen ihm zugemuthet wird, gleichsam
zum Beweise, dass er sich diese List der Bethätigung im Objecte
hätte ersparen können.

Durch die Vermittelung im Objecte soll aus dem Begriffe
die Idee hervorgehen.

Wie gesagt, die Vermittelung des Begriffes innerhalb des
Mechanismus und Chemismus unterbricht ganz unnützerweise
den Entwickelungsgang seines An- und Fürsichseins; in der
Teleologie führt sich aber bereits die Idee auf dem Standpunkte
ihrer endgültigen Bestimmtheit selbst ein. Begriff und Idee gehören eben unmittelbar zusammen: die Idee ist einerseits der
erweiterte, in der Unendlichkeit seiner Entwickelung unerreich-
bare, unerschliessbare, gleichwohl aber in seinem jeweiligen
Zwecke immer wieder erfüllte Begriff selbst; der Begriff andererseits eben so „das Wahre an und für sich", ebenso bewiesenes,
bewährtes Wissen, wie die Idee. Die Idealität, die unendliche
Entwickelungsfähigkeit den unendlichen Zweck zu erreichen,
gehört jedem Begriffe, die Begreiflichkeit und begriffsgemässe
Entwickelung jeder Idee an. Jeder Begriff lässt in seinem
Schlusse einen Begriff zu wissen übrig, den er unmittelbar aufnimmt und den ein nächster Schluss hervorbringt; jede Idee

muss vor Allem ein Begriff sein, der sich in seinem Urtheile und Schlusse weiss, bevor sie auf ihre weitere Entwickelung eingeht. Der Unterschied zwischen Begriff und Idee ist daher jederzeit nur ein Unterschied im Wissen, Begriff und Idee sind nur unterschiedene Wissensformen: der Begriff das erschlossene, in seinem Schlusse erwiesene Wissen, das einen Schluss durch den andern ergänzt; die Idee das Wissen, welcher trotz alles Beweises am Ende mit seiner Idealität seine Gläubigkeit bekennt, aber immer wieder die Wissenserweiterung sich als Ziel setzt.

Hegel bestimmt die Idee als die absolute Einheit des Begriffes und der Objectivität. „Ihr ideeller Inhalt ist kein anderer als der Begriff in seinen Bestimmungen; ihr reeller Inhalt ist nur seine Darstellung, die er sich in der Form äusserlichen Daseins gibt." Die Idee existirte also nicht bloss als die Einheit des Begriffes und seiner Objectivität, sondern als Einheit des Begriffes und Objectes, „der Seele und des Leibes", überhaupt des Geistes und der Materie, also nicht bloss als das Absolute des Geistes, sondern als das Absolute schlechthin. Das sind freilich Bestimmungen, die dem Begriffe der Idee nicht entsprechen, Begriffsbestimmungen, die durch den ihnen zugedachten Inhalt sich selbst widersprechen. Im Geiste wenigstens ist nichts Materielles enthalten, aus dem Geiste niemals etwas Materielles hervorgegangen, vielmehr sind Geist und Materie, wie die Antheile jeder Lebensstufe, eben so die unterschiedenen Theile des Lebens überhaupt, des allein Absoluten. Die Idee ist aber Geist und nichts als Geist.

Die Einwürfe wider den Process der Idee, in der Entwickelung seiner drei Stufen als Leben, Erkennen und absolute Idee, lassen sich daher im Voraus wissen.

Vor Allem, man mag das Leben vorstellen, denken, begreifen wie man will: weder von Haus aus, noch endgültig macht das Leben eine Form der Idee, sondern gerade umgekehrt die Idee eine Form des Lebens aus; nur im Leben kann sich die Idee realisiren, nur im Leben ist sie realisirt, während das Leben selbst jederzeit in der Idee und am Leibe zugleich sich verwirklicht. Man müsste sich das Leben als Seelenleben

und dieses als den so verwirklichten Geist denken, um eine
untergeordnete Verhältnissbestimmung des Lebens zur Idee und
damit zum Geiste überhaupt gelten zu lassen. Auf diese Idee
des Lebens laufen denn auch die angeführten Lebensprocesse
hinaus.

Andererseits müsste die zweite Form der Idee, welche
Hegel als Erkennen bezeichnet, ihrer Bedeutung entsprechend
eigentlich Wissenschaft heissen. Denn die Idee ist wesentlich
Wissen, nicht bloss Erkennen, nicht bloss ein die Dinge dem
Namen nach Kennen und Vorstellen; das Erkennen macht nur
einen kleinen Theil der Idee aus, welche den Geist bedeutet,
es bethätigt sich nur als eine sehr untergeordnete Art und Weise
des Geistes, um dessen Methode es hier zu thun ist. Einzig
und allein die Wissenschaft umfasst alles Erkennen, Denken und
Begreifen, wie sie denn auch nur die eine Hauptaufgabe des
Lebens kennzeichnet, den Geist in diesem seinen Schaffen darzustellen.

Spricht man nun von der analytischen und synthetischen
Methode, als ob es bloss Sache unseres Beliebens wäre, die eine
oder die andere zu befolgen, so ist das freilich grundfalsch. Aber
auch der Hegel'sche Standpunkt, „dass es von der Form des
zu erkennenden Gegenstandes selbst abhänge, welche von diesen
Methoden zu Stande komme", reicht für die Bestimmung einer
wissenschaftlichen Erkenntnissweise nicht aus, indem sich die
Synthese und Analyse als die beiden zu einander gehörigen,
aus einander hervorgehenden, einander ergänzenden Urtheilsbegriffe der einen wissenschaftlichen Methode bethätigen und
erweisen, der Hegel in ihrer endgültigen Bestimmtheit als
Methode der speculativen Identität das Wort redet. Gleichviel
aber, ob Synthese und Analyse jederzeit zu der Art und Weise
jeder wissenschaftlichen Entwickelung gehören oder nicht, jedenfalls ist es nicht richtig, „dass das Erkennen zunächst analytisch
sei." Oder geht nicht im Wissen der Analyse des Urtheils
die Synthese des Begriffes vorher? Kommt nicht bereits die
allererste Thätigkeit des Bewusstseins, die Empfindung, in ihrer
Beziehung der Sinne auf die Dinge als ein synthetisches Ver-
fahren zu Stande? Endlich, liegt nicht der eigentlichen Er-

kenntniss die einheitliche Vorstellung zu Grunde, der auch die Benennung als unmittelbarste Erkenntnissform entspricht? Indessen, „für die Philosophie eignet sich die synthetische Methode so wenig wie die analytische". Die einzig wahre, speculative Methode sei die, welche die Analyse des Unterschiedes und die Synthese der Einheit in sich aufhebt, somit der sonst unläugbar wissenschaftlichen Thätigkeit der Synthese und Analyse in der sie übergreifenden Identität keinen Spielraum mehr gestattet. Und doch bethätigt gerade der Beweis, als die von Hegel endgültig bestimmte Form alles wissenschaftlichen Verfahrens, die Nothwendigkeit der synthetisch-analytisch-genetischen Methode, indem er im Grundsatze die Vordersätze synthetisirend in einen Schlusssatz zusammen nimmt; diese Vordersätze im Vermittelungssatze durch ihre Auseinandersetzung analysirt; endlich im endgültigen Schlusssatze den Schlusssatz selbst seine eigene Begründung und Vermittelung in genetischer Selbstbewegung hervorbringen lässt. Aber, wie gesagt, diese Selbstbewegung des Begriffes — „den Begriff als Begriff gewähren zu lassen und seiner Entwickelung und Bewegung gleichsam nur zuzusehen" — bleibt eben weit entfernt davon, begriffsgemäss bestimmt zu sein. „Nur durch die gedoppelte Bewegung, dass wie die eine Begriffsthätigkeit in die andere übergeht, eben so diese in jene zurückgeht, erhält der Unterschied sein Recht, indem jedes der beiden Unterschiedenen sich an ihm selbst betrachtet zur Totalität vollendet und darin sich zur Einheit mit dem andern bethätigt. Nur das Sichaufheben der Einseitigkeit beider an ihnen selbst lässt die Einheit gar nicht einseitig werden", d. h. lässt die Einheit gar nicht werden. Die Selbstbewegung erscheint als ein Sichhin- und Herbewegen, das gar nicht, oder nur durch einen Sprung von der Stelle kommt; das Eine, welches das Andere, und wieder Dieses, welches Jenes in sich aufhebt, geben sich zugleich für die Einheit aus, in welcher ihr Unterschied nur darin besteht, dass Jedes einmal Beides, und beide so identisch sind.

Das für sich bestehende Wollen des Erkennens entspricht aber nur einem Weiterkommenwollen des Wissens in der Idee und damit der Idealität, die gleichwohl immer wieder auf ihre Verwirklichung ausgeht.

Endlich wird die denkende Idee als die absolute Idee, die absolute Idee aber geradezu als das Absolute eingeführt, das eben so das Leben, wie das Erkennen selbst sein soll, die Idee nicht bloss als der Gott alles Denkens, sondern auch als der Gott alles Seins, und nicht bloss als Gott der Geist alles Denkens und Seins, sondern schlechthin als dieses Sein und Denken selbst, so dass das Sein eben so wie das Denken einen Wesensantheil der Idee ausmacht. Aber, wie gesagt, die Idee des Absoluten ist noch lang keine absolute Idee, in dem Sinne eines vollkommen abgeschlossenen Begriffes, sei es der Idee, sei es des Absoluten, die beide in ihrem Begriffe, weil in ihrem Wesen unerreichbar, unerreichbar aber, weil unendlicher Entwickelung in sich fähig sind.

Der Entschluss der Idee, „die Natur frei aus sich zu entlassen", konnte daher niemals gefasst, geschweige denn ausgeführt werden. —

Das ist das Ergebniss der Hegel'schen Logik, wie es die Logik als Wissenschaft selbst herbeiführt.

Immer mehr war die Logik herabgekommen. Die ihr von Aristoteles zugetheilte sprachliche, grammatikalische Begründung und Vermittelung genügte ihr nicht, sie selbst wusste aber nach keiner Seite hin über ihre leeren, unvermittelten Formen hinaus zu kommen; für ihre Herkunft hatte sie das Gedächtniss verloren, über ihr Bestehen machte sie sich keine Gedanken. Genug, sie war da, und wie sie da war, so war sie zu begreifen, oder vielmehr nicht zu begreifen. Kein Wunder, dass sie sich am Ende für apriorisch hielt. Dieser Offenbarung macht nun Hegel ein Ende, indem er das logische Denken in allgemein gültigen Formen durch das metaphysische in bestimmten Begriffen einführt, demnach die Logik nicht etwa aus von Haus aus leeren Formen bestehen, sondern durch Abstraction aus der Metaphysik entstehen lässt, in ihren eigenen Bestimmungen aber sie als ein einheitliches Ganzes darstellt. Für die Lehre vom Begriffe bereitet sich das Denken in der Lehre vom Sein und Wesen selbst vor, zu seinem An- und Fürsichsein kommt der Begriff aus seinem Sein für Anderes, als dessen bewegendes, erlösendes Element er sich weiss; eben so stellt der Begriff den

Beweis des innigen Zusammenhanges seiner Wissensformen her,
indem er sich selbst im Urtheile und Schlusse als in seiner
Auseinandersetzung und endgültigen Bestimmtheit bewährt; endlich erhebt sich der Begriff auf dem Höhepunkte der Entwickelung und Bestimmtheit seines Wesens als absoluter Geist selbst
zur Idee. Das ist freilich ein ganz anderer Standpunkt, als der
scholastisch - formalistische, der die Logik zu einem unnützen
Formelkram herabsinken lässt und sie durch die Spielerei ihrer
Urtheils- und Schlussfiguren geradezu lächerlich macht; das ist
in der That die Elementar- und Grundlehre, in der alle Wissenschaften ihre Wurzel schlagen, die Gesetzeslehre für alles Denken
und Begreifen; das ist die Wissenschaft des Geistes, wie sich
der Geist selbst, phänomenologisch begründet und ausgelegt, in
seiner reinen Wesenheit gegenständlich weiss.

Gleichwohl liegt der Schwerpunkt der Hegel'schen Logik
nicht so sehr in ihrem Principe, das auf Kant zurückweist,
sondern in der Methode. Die Selbstbewegung des Begriffes,
das ist das Wahrzeichen der Hegel'schen Philosophie, das ihre
Selbstbestimmung, welche ihr eine weltgeschichtliche Bedeutung
sichert. Denn während selbst noch in der Kritik der reinen
Vernunft immer wieder das unmittelbare Ich und Wir die Bewegung des Begriffes leitet, tritt in der Hegel'schen Philosophie jeder Begriff selbst als ein Ich, gleichsam persönlich auf,
denkt und spricht für sich, so erst im wahren Sinne des Wortes
Kategorie, so erst sich selbst aussagender Begriff: eine Objectivität, in welcher das philosophische Subject aufgeht, eine
Subjectivität, die in den eigenen Prädicaten sich selbst objectiv
wird. Darin liegt aber in der That die einzig wissenschaftliche
Methode, sofern es die Art und Weise des Begriffes selbst ist,
mittels des Urtheils zu seinem Schlusse zu kommen.

Und so stellt sich uns denn der Meister als ein in seinen
Gedanken sich gegenständliches Denken dar, das zur Begriffseinheit hindrängt, begriffsgemäss vorwärts schreitet, und dabei
seines idealen Zieles stets bewusst ist: ein systematisch geschulter,
methodischer Geist, der das Gepräge seines Wesens allen Wissens-
zweigen aufdrückt, ein organisatorisches Talent, ein Begriffs-
mensch, ein logischer Kopf, wie seit Aristoteles kein zweiter.

III.

Indem sich die Philosophie zum Begriffe des Wissens als zu ihrem Standpunkte und zur Selbstbewegung des Begriffes als zu ihrer Entwickelungsweise bekennt, sagt sie sich damit vom metaphysischen Denken los. Die Philosophie wird zur Wissenschaft, zur wissenschöpferischen Begriffsthätigkeit, die ihr Wissen beweiset und sich als bewiesenes Wissen bewährt. Auf diesen Standpunkt muss sich aber jede Philosophie stellen, diese Entwickelungsweise jede Philosophie einschlagen, welche auf den Namen und Gehalt der Wissenschaft Anspruch macht. Denn als Philosophie gibt es nur eine Wissenschaft: die Begriffswissenschaft.

Versuchen wir es nun, uns dieses Princip und diese Methode, im Zusammenhange damit aber das System der Wissenschaft wissenschaftlich zurecht zu legen.

Alles Wissen führt auf Erfahrung, Erfahrung auf Wahrnehmung, endgültig auf Empfindung zurück. Denn in der Empfindung, als im Zusammenstosse der Sinne und Dinge, ersteht die Ursprungsstätte des sinnlichen Bewusstseins, entwickelt sich die mechanische und chemische Kraft zur geistigen, kommt der Geist aus seiner Bewusstlosigkeit zu sich, entzündet sich der Naturgeist zum Menschengeiste. Freilich, den wissenschaftlichen Geist auf das unmittelbare Bewusstsein zurückführen, heisst weit ausholen. Auch liegen Sinnlichkeit des Bewusstseins und Idealität des Wissens weit genug auseinander und haben wenig mit einander gemein. Gleichwohl muss das Wissen sofort in dem unmittelbarsten Schritte des Bewusstseins als in seinem Ansichsein sich gegenständlich, es muss von diesem seinem ersten Entwickelungspunkte an des eigenen Fortschreitens jederzeit sich gegenwärtig sein, soll es am Ende nicht unbegründet und unvermittelt dastehen, wie es denn auch keineswegs von der Empfindung selbst, sondern von ihrem Begriffe ausgeht, daher so zwar nicht vom Begriffe an und für sich, nicht vom reinen Begriffe, aber doch von dem Begriffe, wie sich derselbe durch den unmittelbar aufgenommenen Inhalt sofort bestimmt findet. In diesem Sinne ist und bleibt der Begriff der Grund alles Wissens, in diesem Sinne ist und bleibt aber dem Begriffe selbst nichts desto weniger die Vorstellung zu Grunde gelegt, aus welcher durch eine entsprechende Auseinandersetzung der Gedanke, aus dem Gedanken aber als einheitliche Bestimmtheit seines Inhaltes der Begriff hervorgeht. Daher ohne Begriff kein Wissen, aber auch kein Wissen ohne Denken, das zum Begriffe wird; daher als nächste Grundlage des Wissens, das aus dem Bewusstsein zu sich gekommene Denken, als sein Urgrund aber eben dieses Bewusstsein; daher Selbstbegründung und eigenster Beweggrund des Wissens doch erst im Begriffe, welchen das Wissen sich selbst unterlegt, dem es sich aber auch unterordnet und das Wort für sich führen lässt. Wissen und Begriff gehen so von Haus aus jederzeit von einem Andern, und damit zugleich von sich selbst, niemals aber unmittelbar von sich selbst aus, wie denn kein Ding mit sich selbst anfangen, keines aus sich selbst hervorgehen oder sich selbst gebären kann, so lang überhaupt ein Anfang stattfindet.

Und wie als Ausgangspunkt, eben so ergibt sich der Begriff als der Höhenpunkt alles Wissens. Denn die Idee ist wieder nur der Begriff selbst in seiner vorgeschrittenen Bestimmtheit, gleichwohl aber eben wegen ihrer Idealität diejenige Form des Wissens, in welcher sich das Wissen immer wieder nur annähernd verwirklicht, in welcher sich bei aller begriffsgemässen Bestimmung und Auseinandersetzung der endgültige Abschluss des Begriffes als unausführbar herausstellt. In der Idee sich unerreichbar, vermag er aber selbstverständlich um so weniger die Idee selbst zu überbieten. Andererseits wird er aber doch auch wieder weder in der Verzweiflung über das Misslingen seines endgültigen Wissens, noch in vorzeitiger Befriedigung je bleibend zur Ruhe kommen. Immer wieder treibt er selbst das Wissen, dass es sich der Idee zuwende; immer wieder geht er, sich selbst das Höchste, auf sich selbst aus.

Endlich stellt der als Ausgangs- und Höhenpunkt alles Wissens eingeführte Begriff damit auch schon seine Bedeutung als Endpunkt des Wissens in Aussicht. Und in der That, das was das Wissen im Schlusse erreicht, ist wieder nur der Begriff.

Ueber den Schlussbegriff kann aber das Wissen eben so wenig hinaus, wie über sich selbst; in dem durch das Urtheil zum Schlusse gekommenen, im Schlusse selbst begründeten und vermittelten Begriffe ist es vollständig bei sich. Das Wissen schliesst sich durch den Begriff ab, und es ist selbst dieser in sich und durch sich abgeschlossene Begriff.

Einerseits der Boden, in welchem das von allem Anfang her gelegte Samenkorn des Wissens keimt und wurzelt, aus dem es sich zur Blüthe der Idee entwickelt, zu dem es befruchtet und befruchtend immer wieder zurückkehrt; andererseits der Beweggrund, die treibende Kraft und der innerlichste Halt des Wissens ist der Begriff als das Princip damit eben der Grund und das Wesen des Wissens: nicht bloss principium, Anfang, und princeps, das Höchste, sondern auch das letzte Mittel des Wissens.

Und wie so Ausgangs-, Höhen- und Endpunkt, ist der Begriff auch der Schwerpunkt, auf welchem das Wissen beruht und durch den es in Bewegung gesetzt wird.

An seiner einheitlichen Bestimmtheit hat aber der Begriff sofort den Ausgangspunkt für die Kennzeichnung des Vorganges seiner unmittelbaren Bewegungsthätigkeit. Während sich der Gedanke der Form der Auseinandersetzung bedürftig zeigt, stellt sich der Begriff mit einem Worte dar. Nun hängt aber die Begriffsform, wie jede andere Form, darin von dem ihr zu Grunde gelegten Inhalt ab; die einheitliche Bestimmtheit setzt die Inhaltseinheit voraus, hier die Begriffsform den Gedankeninhalt, der sich bereits in seiner Auseinandersetzung als ein durch sich selbst abgeschlossenes, einheitliches Ganzes zu erkennen gibt. Gerade in dem Zusammengreifen dieses Inhaltes, so dass derselbe in der einfachen Begriffsbestimmtheit als enthalten gedacht wird, besteht aber die unumgänglich nothwendige Bewegung des Begriffes, aus dem Gedanken zu sich zu kommen; gerade darin das Einen als der Beginn aller unmittelbaren Begriffsthätigkeit. Und ob sich das Bewusstsein von Haus aus in seiner Sinnlichkeit als Empfindung, in seiner Uebersinnlichkeit als Erinnerung, im Selbstbewusstsein als Gefühl geltend macht, ob sich das Denken zunächst durch das eine oder andere unmittelbar Gedachte bestimmt findet, oder ob sich das Wissen sofort als Begriff einführt — gleichviel, jede erste geistige Thätigkeit läuft auf ein Zusammenhalten, Verknüpfen, Vereinfachen, auf eine Synthese hinaus.

In dieser einigenden Bewegung liegt aber bereits der Beweggrund zu der dem Urtheile entsprechenden Scheidung, zur Analyse des Begriffes. Den Gedanken drängt die Formvereinfachung zum Begriffe. Indessen damit, dass der Gedankeninhalt im Begriffe enthalten gedacht wird, ist er noch kein Begriffsinhalt; die einheitliche Begriffsbestimmtheit selbst bleibt so an und für sich noch leer. Der Begriff muss eben sich gemäss, begriffsgemäss, den Gedankeninhalt zu seinem eigenen Inhalte machen und als solchen auseinander setzen. Denn wie kein Ding in der Einheit seiner Erscheinung oder seines Wesens, eben so wenig kann sich der Begriff in der Einheit seiner Form oder seines Inhaltes gegenständlich werden, es kann sich der Begriff so niemals sich selbst gegenüber stellen, sich nicht verdoppeln, es kann ein ungetheilter Begriff nur von einem andern beurtheilt werden. In Betreff nun des Beweggrundes dieser seiner Theilung und der Anzahl seiner Theile findet sich der Begriff bereits durch das Vorgehen des Gedankens bestimmt, sofern der Gedanke, indem er eine oder die andere Vorstellung zum Inhalte seiner Auseinandersetzung macht, aus diesem seinem Subjecte, als dem einen Theile, die Prädicate als den andern Theil heraussetzt. Auch bethätigt sich der Begriff selbst — der sich in dieser ihn betreffenden Theilung als das Ich des Wissens gleich einer lebensvollen Persönlichkeit, die aus Leib und Seele besteht, gleich einer aus Materie und Geist geeinten, individuellen Lebensstufe verhält — ist er nur erst vermöge seiner einheitlichen Bestimmtheit und Inhaltseinheit auf die Entzweiung, als auf den ihm zunächst zustehenden Entwickelungsfortschritt seiner Bewegung im Auseinandersetzen angewiesen, immer wieder seinerseits sofort als nach diesen seinen wesentlichen zwei Seiten und Richtungen von Allgemeinheit und Besonderheit, von Gattungs- und Artbegriffen unterschieden. Ja um seinen Inhalt zu erschöpfen, wird er sich im Urtheile, als in seinem Prädicate, in den zwei einander am meisten, grundwesentlich entgegengesetzten,

gleichwohl aber einander ergänzenden Theilen seines Inhaltsumfanges heraussetzen müssen. Indessen, besteht auch so
in der Entzweiung das in seinen Grundzügen der Natur ent-
nommene Scheidungsgesetz des Geistes, es stellt sich doch bald
genug der Unterschied des Natur- und Denkgesetzes heraus,
dass, sofern ein natürliches Ganzes getheilt wird, wohl Theile
vorhanden sind, aber kein Ganzes, sofern aber an einem solchen
Ganzen die Theile bloss unterschieden werden, in Wirklichkeit
nur das Ganze für sich besteht, aber nicht seine Theile, während
im Geiste die Theile und das Ganze, die Zwei neben und mit
dem Einen, aus dem sie hervorgehen, für sich sind, mithin gleichzeitig Drei als zusammengehörig sich einführen. Neben und
mit den zwei Theilen besteht zugleich das ursprüngliche Ganze
fort, so selbst zwar nur noch ein Theil von dem, was es un-
getheilt ist, aber immerhin das den Zweien zu Grunde gelegte
Eine, welches für das Ganze einsteht; die Theilung besteht in
der Eintheilung, das Ganze, welches die Theile enthält, vollzieht
selbst die Theilung und bleibt dabei erhalten, die Entzweiung
ist das Sichentzweien, das Eine selbst als Zwei und dabei doch
ihre Einheit. Ja die Dreitheilung erweitert sich zur Viergetheilt-
heit, falls der vorausgesetzte Begriff neben den zwei Mittel-
begriffen des Urtheils und dem Schlussbegriffe mitzählt. Indessen,
da der letzte Begriff zugleich der erste selbst ist, so bleibt doch
die Dreigetheiltheit die eigentliche Wissenseintheilung; es sind
drei Theile vorhanden, von welchen sich der eine, für die andern
zwei einheitliche, als das ursprüngliche Ganze einführt und trotz
aller Theilung und Selbstbetheilung als Theil, indem er die
andern zwei vermittelt in sich enthält und für sich bethätigt,
damit auch endgültig als ihr Ganzes behauptet.

Die Scheidung selbst führt so bereits die Einigung der
Zwei mit einander zur Einheitlichkeit mittels eines Dritten, zur
Vermittelung als der endgültigen Wissensbewegung. Denn im
Urtheile sind wohl die Theile unter einander vermittelt, und
mittelbar der zu Grunde gelegte Begriff durch das Urtheil; aber
das Urtheil selbst ist es noch nicht in seinen Begriffen mittels
des Begriffes. Gerade darin besteht daher die Aufgabe des
Schlusses, unterschiedene Begriffstheile des Urtheils, oder selbst

verschiedene Urtheile, auf einander bezogen mittels eines dritten Begriffes geeint auszusprechen. Der Schluss ergibt sich als der durch und durch vermittelte Fortgang des Wissens: das Mittel, der Begriff, als sein eigenes Mittel; das Vermittelte, das Urtheil, als der in seinem Unterschiede sich selbst mittelbar gewordene Begriff; das Vermittelnde aber als der die auf einander bezogenen Theile einende Schlussbegriff. Damit ist aber auch schon die schöpferische, genetische Thätigkeit der Vermittelung aufgedeckt. Freilich, zunächst wird der Begriff selbst erschaffen. Wie das Bewusstsein als Empfindung mehr bewirkt wird, als sich hervorbringt, wie der unmittelbar gedachte Inhalt mehr aus dem Bewusstsein entsteht, als durch das Denken selbst erzeugt wird; eben so findet sich der Begriff im Anfang seiner Entwickelung mehr durch den Gedanken in Bewegung gesetzt, als dass er sich selbst fort bewegt, es ergibt sich das Wissen von Haus aus mehr als ein Werden und Geschehen, denn als ein sich selbst gegenständliches Thun und Vollbringen. Aber bereits im Urtheil entwickelt der Begriff sich selbst: er ist für sich thätig, indem er den ihm zu Grunde gelegten Gedankeninhalt seiner eigenen Formbestimmtheit gemäss umgestaltet. Indessen, eigentlich schöpferisch geht der Begriff doch erst im Schlusse vor: erst der Schluss bringt einen neuen Begriff hervor, der, ohne durch den entsprechenden Gedankeninhalt eingeführt zu sein, mittels der Urtheilsbegriffe zu Stande kommt; erst im Schlusse erzeugt der Begriff sich selbst, indem er sich, durch das eigene Hinzuthun aus der ursprünglichen Einheit in seiner Entzweiung entwickelt, aus der Vereinigung dieser seiner Theile als sein Anderssein hervorbringt und so an und für sich als schöpferisch bezeugt. Geradezu falsch ist es daher, in die Analyse den ersten, in die Synthese dagegen den zweiten Schritt der Methode zu verlegen, diesem aber als dritten die genetische Entwickelung anzureihen. Schon die unzweifelhafte Bestimmungsweise des Wissens als Begriff, Urtheil und Schluss spricht dagegen. Denn der Begriff ist wesentlich synthetisch, das Urtheil analytisch, und nur der durch den Begriff selbst aus seinem eigenen Urtheil erzeugte Schlussbegriff genetisch. Mit Recht heisst aber diese Begriffsentwickelung die Selbstbewegung des

Begriffes: den Gedankeninhalt zusammengreifend, im Urtheil erweitert sich selbst begreifend, als Schlussbegriff aber der Inbegriff aller Entwickelung, geht der Begriff von sich aus, schreitet in Begriffen weiter, und kehrt im Schlusse wieder zu sich als zu seinem Andern zurück. Wie es also nur ein Mittel gibt, zum Wissen zu gelangen: den Begriff; wie nur einen Weg, im Wissen fortzuschreiten: zu urtheilen; so gibt es auch nur ein endgültiges Wissen: aus dem Begriffe mittels des Urtheils zum Schlusse zu kommen. Darin besteht die Vermittelung des Wissens, darin Einigung und Scheidung zugleich, die einzige Art und Weise (die Methode) des Wissens: die Art, als das äusserliche Einherschreiten in Begriff, Urtheil und Schluss; die Weise, als das Hervorgehen des Urtheils aus dem Begriffe und das Insichzurückgehen des Begriffes mittels seines Urtheils.*)

Und diesem Grundgesetze, seiner Art und Weise zu denken, dieser Formbestimmtheit seiner Denkgesetze bleibt das Wissen treu, einen so unterschiedlichen Gebrauch es auch, je nachdem es vorgeschritten oder des Begriffes gerade bedürftig ist, von dieser seiner Begriffsentwickelung mache, so unzweifelhaft berechtigt es mitunter fertige Begriffe, Urtheile oder Schlüsse voraussetze, mithin statt vom Begriffe, sofort vom Urtheile oder Schlusse ausgehe. Ein andermal, weil es die nöthige Berichtigung und Ergänzung selbstverständlich erwarten darf, oder vor der Hand, so beschränkt, sich zufrieden geben muss, spricht es sich vielleicht in einer beiläufigen Begriffsbestimmung, in einem einseitigen Urtheile, oder in einem mangelhaften Schlusse aus. Nur dass dann die Sprache dem Wissen gleich komme, das in solchen Fällen bloss Gedachte nicht etwa geradezu ausschliesse, dass sich das Wissen nicht auf eine dem Sinne des Gesagten widersprechende Nachhilfe verlasse, welche, ungerechtfertigt wie

---

*) Vermittelung ist daher nicht bloss „ein Anfangen und Fortgegangensein zu einem Zweiten, so dass dieses Zweite nur ist, sofern zu demselben von einem gegen dasselbe Andern gekommen worden ist", denn das hiesse eben nur die Unmittelbarkeit schlechthin in Abrede stellen, höchstens das Verhältniss von Grund und Folge bestimmen; vielmehr muss das zum Zweiten fortgegangene Erste in sich entzweit auseinander gehen und wieder selbst, in einem Dritten geeint, mit sich zu Ende kommen, um durch und durch vermittelt zu sein.

sie ist, der beliebigen Meinung Thür und Thor offen lässt. Uebrigens gibt das Wissen gerade damit, dass es sich wohl an seiner Gesetzlichkeit den letzten Rückhalt wahrt, gleichwohl, um ja nicht fehl zu gehen, nichts weniger als ängstlich stets nach dem Gesetze zu sehen braucht, vielmehr so weit seiner sicher und gewiss ist, noch im unbefangensten Sichgehenlassen sich treu zu bleiben, er gibt gerade durch eine solche bewusstlose Gesetzbefolgung den besten Beweis, vom Gesetze durchdrungen zu sein, damit aber zugleich eine Rechtfertigung des Gesetzes selbst.

Die Art und Weise zu sprechen ist aber für die Art und Weise zu denken, die Sprache für die Wissenschaft von grösster Bedeutung. Spricht doch der Geist je nach dem Standpunkte seiner jeweiligen Bildungsstufen eine verschiedene Sprache: in der griechischen Sprache die Sprache des Bewusstseins, indem er die Begriffsbestimmung der Vorstellung nicht überschreitet; in der lateinischen die Sprache des Denkens, indem die Auseinandersetzung des Gedankens die Begriffsbestimmtheit fordert und für sie das Wort führt; in der deutschen aber die Sprache des Wissens, indem der Begriff selbst zum Worte kommt. Dass sich daher die deutsche Wissenschaft vor Allem deutsch zu sprechen die Ehre gebe, sich dem natürlichen Grund und Boden ihres Bewusstseins nicht entreissen, namentlich in ihrer Begriffsbestimmtheit unnöthigerweise keine Fremdworte gefallen lasse! Und wahrlich, was der Deutsche genau und erschöpfend wissen soll, das wird er weder auf eine lateinische, noch auf eine griechische Begriffsbestimmtheit zurück führen dürfen. Denn ganz abgesehen davon, dass weder die eine noch die andere für die Schärfe seiner Begriffsbestimmungen ausreicht, ψυχή z. B. zugleich Bewusstsein, Geist und Seele, mens Verstand, Vernunft und Geist bedeutet, hat sich die Wissenschaft wie an der gleichzeitig sinnlichen und übersinnlichen Bedeutung ihrer Formen den ursprünglichen Haltpunkt, eben so an der Zweischneidigkeit dieses ihres sinnlich-übersinnlichen Ausdruckes den Beweggrund ihrer trennenden, dabei aber zugleich vermittelt-einigenden Wissensweise zu wahren.

Lässt man uns daher die Wahl, entweder „zu den in der

Wärme unmittelbarer Empfindung lateinisch oder griechisch be-
nannten Abstractionen der Wissenschaft" sich zu bekennen, oder
der betreffenden Begriffsbestimmungen erst nach langer Zeit und
Uebung in deutscher Benennung Herr zu werden; so werden
wir keinen Augenblick im Zweifel sein, es uns Zeit und Mühe
kosten zu lassen, die Dinge beim rechten Namen zu nennen.
Denn statt dass, wie man meint, durch die so möglich gewordene
Erinnerung an die eigentliche, wörtliche Bedeutung des Begriffes seine Verständlichkeit gefährdet wäre, statt dass dadurch,
wie man behauptet, die Abstraction, folglich der wahre Begriff
verloren ginge, wird gerade erst durch das Zurückführen des
Begriffes auf seine ursprüngliche sinnliche Bedeutung die Natur
und das unmittelbare Wesen seiner Abstraction aufgedeckt. Am
wenigsten sollte man aber die Bequemlichkeit der bereits geläufig gewordenen Ausdrucksweise als Grund geltend machen
wollen, am vieldeutigen Fremdworte fest zu halten, das zwar
ohne viele Mühe das Richtige beiläufig trifft, dafür aber niemals
die volle, im Ausdrucke selbst gewurzelte und durch diese ihre
Natürlichkeit auf das entsprechende Wesen ihrer geistigen Bestimmtheit angewiesene Wahrheit erreicht. Jedes Fremdwort bleibt
ein Flickwort, das die Blössen der Unwissenheit nothdürftig
verdeckt, ein blosses Zeichen, dass seinen Werth ausser sich
hat. Kann es vollgültig übersetzt und ersetzt werden, dann ist
es ohnehin überflüssig, wie z. B. Sensibilität, Reception, Em-
pirie u. s. w. Aber auch für ein in seiner Allgemeingültigkeit
vollinhaltlich unübersetzbares Fremdwort wird sich in den besonderen Fällen seiner beliebten Anwendung immer wieder eine
eigenthümlich ausgeprägte, dem jeweilig wesentlichen Inhalte
entsprechende Bestimmung, somit für das schwankende, dehn-
bare Kunstwort eine Mehrheit von scharf ausgeprägten Bezeich-
nungen finden lassen. So z. B. für den Begriff des Idealismus
die unterschiedliche Bestimmtheit als Uebersinnlichkeit, Bildlichkeit, blosse Vorstellbarkeit, Denkbarkeit, Begriffsbestimmtheit, reine Geistigkeit, Wesenheit u. s. w. Denkt und versteht
aber der Eine Dieses, der Andere Jenes, ein Dritter wieder
etwas Anderes unter einem solchen Schlagworte, dann ist es
wahrlich kein Wunder, von allen Seiten immer wieder über

Missverständnisse sich beklagen zu hören, auf deren Austragung genug oft alle wissenschaftliche Anstrengung hinausläuft. In seinem Sinne hat vielleicht Jeder recht, im Sinne des Begriffes ganz gewiss keiner, der nicht den Begriff selbst sich besinnen und zum Worte kommen lässt. Freilich — Noth kennt kein Gebot, und lieber ein unersetzbares Fremdwort, als eine lahme Verdeutschung.

Nicht minder unwissenschaftlich ist es, zwar deutsch zu schreiben, aber dort, wo es auf den Begriff ankommt, sich der Bildlichkeit des Ausdruckes unbedacht hinzugeben, z. B. immer wieder von Anschauung oder Auffassung zu sprechen, statt die Geistesthätigkeit im Unterschiede ihres Wesens als die eine oder die andere Thätigweise des Bewusstseins, Denkens oder Wissens zu bestimmen; nicht minder unwissenschaftlich, hinter den Gattungsbegriff sich zu flüchten, statt im besonderen Falle den entsprechenden Artbegriff in der eigenen Schärfe seiner Bestimmtheit hervortreten zu lassen, z. B. immer wieder vom Bewusstsein statt von Empfindung, Wahrnehmung, Erfahrung u. s. w. zu sprechen; nicht minder unwissenschaftlich, wesentlich unterschiedene Begriffsbestimmungen ohne Rücksicht auf ihren besonderen Inhalt die eine statt der andern, z. B. Erinnerung und Gedächtniss als gleichbedeutend zu setzen. Wie jedes Wort seinen Ort, so hat auch jeder Begriff seine Stelle, an welcher allein er vollberechtigt hervortritt und die er allein ausfüllt. Es macht aber die Eigenthümlichkeit der wissenschaftlichen Art und Weise aus, jeden Begriff für sich sprechen zu lassen, somit jedesmal nur das auszusprechen, was dem bestimmten Begriffe selbst oder doch seinen unmittelbar unterordneten Begriffen zusteht. Daher denn auch jeder Begriff nur so gescheidt ist, als er es vermöge seines Inhaltes sein kann, sein darf. Dünkt sich aber einer oder der andere je weise genug mehr zu wissen, als seinem Wesen im Grunde genommen entspricht, hält er sich für scharfsinnig genug etwas voraus zu wissen: so wird er doch auch klug genug sein, anderen nicht vorzugreifen, somit das, was er seinem Vorwitze verdankt, höchstens anzudeuten. Gerade in der Bezähmung solcher vorlauten Genialität, welche mit Umgehung aller Entwickelung bereits in allem Anfang so weise sich dünkt, wie sie es am Ende möglicherweise werden kann, in dieser wissenschaftlichen Selbstbeherrschung und Selbstverläugnung, welche jeden Begriff für sich einstehen lässt, besteht so zu sagen die Tugend des Wissens.

Wissenschaft und Sprache hängen auf das innigste zusammen. Weder darf sich die Denklehre erlauben an der Sprachlehre vorüber zu gehen, sie muss vielmehr das Erkennen als Benennen, den Gedanken als Satzform, den Begriff als einheitliche Bestimmtheit, überhaupt die Denkgesetze als Sprachgesetze und das Denken selbst als Auseinandersetzung einzuführen wissen; noch darf es sich die Sprachlehre gestatten, die Denklehre in irgend einem Abschnitt ein für allemal abzufertigen, vielmehr muss auch sie an der Hand des begriffsgemässen Denkens sich selbst zur Sprachwissenschaft läutern. Nur eine in jedem Worte sich bewusste und wohlbedachte Sprache wird sich als wahrhaft wissenschaftlich, als durch Wissen geschaffen und als für das Wissen selbst wieder schöpferisch bewähren; nur die Wissenschaft sich befähigt erweisen auszusprechen, was gedacht wird, aber auch zu wissen, dass und wie es begriffsgemäss gedacht ist, da nur so zu wissen sein wird, was und wie es ausgesprochen werden muss.

Endlich, findet sich sowohl der Grund und das Wesen, als auch die Art und Weise des Wissens durch den Begriff bestimmt, so wird sich wohl auch das, worauf das Wissen ausgeht und was dadurch herauskommt, die Wissenschaft nämlich, als durch den Begriff begründet, vermittelt und abgeschlossen herausstellen.

Und da heisst es denn auch den gesuchten Begriff der Wissenschaft vor Allem nach Aussen hin begriffsgemäss abgrenzen — denn nur der Begriff des Absoluten, als des einen Ganzen, ist wie in sich, so auch nach Aussen hin ohne Schranke — es heisst den Begriff der Wissenschaft neben und mit einem andern von ihm unterschiedenen Begriffe einem dritten, sie beide umfassenden Begriffe unterordnen. Als der nun von der Begriffsbestimmung der Wissenschaft wesentlich unterschiedene, sich aber derselben zugleich auf das innigste anschliessende Begriff gilt ganz allgemein der Begriff der Kunst; es gelten Wissenschaft und Kunst als ein wie Seele und Leib zusammengehöriges

Begriffspaar; Wissen und Können als die zwei Thätigkeitskreise, in welchen der menschliche Geist seine Idealität verwirklicht; Wissenschaft und Kunst als die zwei Hauptwerke, in welchen der menschliche Geist seine Weisheit vorträgt. Als Drittes im Bunde neben und mit der Wissenschaft und Kunst nennt man aber die Religion. Wissenschaft, Kunst und Religion — das ist allerdings keine begriffsgemässe Dreitheilung, weil überhaupt keine Eintheilung. Denn welches von den Dreien sollte wohl das zu Grunde gelegte Eine sein, woraus die andern Zwei hervorgehen, und worin sie sich auch wieder aufgehoben finden? Welches das Ganze sein, das die andern Zwei als Theile in sich enthält? — Vor Allem, gehört denn die Religion nicht zur Wissenschaft, wurzelt und entwickelt sie sich nicht in ihr, schliesst sie sich nicht selbst als Wissenschaft ab? So sehr sie den Glauben fordere, kann sie darin etwa erkenntniss-, gedanken- oder begrifflos vor sich gehen, ja muss sie nicht Gott erkennen, denken und wissen lernen, bevor sie sich ihm gläubig zuwendet? — Wie sonst genug oft, versucht man eben auch hier den dritten Begriff zu gewinnen, indem der eine von den zwei bereits herausgesetzten Begriffen in dem einen seiner Theile sich selbst als Ganzem an Umfang und Bedeutung gleich-, oder wohl gar dieser Theil über das Ganze gesetzt wird, obschon auch hier, wie sonst überall, der Geist sich in der Bestimmung und Auseinandersetzung seiner gesetzlichen Entwickelung nicht ohne Vorbild und Begriff weiss, er auch diese seine Aufgabe bereits anderweitig annäherungsweise gelöst findet. Geben sich doch die zu einander gehörigen und immer wieder mit einander genannten Begriffe des Wahren, Schönen und Guten sofort als verwandte Bestimmungsweisen jener gesuchten, das ganze Geistesleben umfassenden und es erfüllenden Ideen zu erkennen. Dass aber das Wahre zur Wissenschaft, das Schöne zur Kunst gehöre, sie bedeute und vertrete, wird als im Begriffe der Wissenschaft und Kunst gelegen ohne Weiteres hingenommen. Dagegen scheint die Bestimmung des Guten als Wahrzeichen eines entsprechenden Dritten noch dahin zu stehen. Indessen, dass das Gute in dieser Dreitheilung den Werth und die Stellung desjenigen Begriffes für sich in Anspruch nimmt, welcher die Begriffe des Wahren

und Schönen vermittelt in sich enthält, dass das Gute zugleich
wesentlich wahr und schön sein müsse, während sich das Wahre als
gut, keineswegs aber nothwendigerweise als schön, das Schöne wohl
als wahr, keineswegs aber unbedingt als gut herausstellt, diese
Verhältnissbestimmung des Guten zum Wahren und Schönen
weist schon auf den Rang hin, welcher dem geforderten Dritten
der Wissenschaft und Kunst gegenüber zusteht. Aber auch so
viel ist gewiss: einen so grossen und gewichtigen Antheil sich
Wissenschaft und Kunst am Leben herausnehmen, so unbestritten
sie das menschliche Leben veredeln und verschönern — sie
füllen es doch nicht aus. Ja das gesellschaftliche Leben mit
seiner Arbeit und seinem Genusse überwiegt weitaus räumlich
und zeitlich alles wissenschaftliche und künstlerische Dasein.
Unter allen Umständen ist und bleibt aber das Leben der Grund
und Boden, in welchem alles menschliche Wissen und Können
Wurzel schlägt und gedeihet; seit allem Anbeginn nimmt das
menschliche Leben diesen einen, zum Theile wissenschaftlichen,
zum Theile künstlerischen, zum Theile aber unmittelbar praktischen Entwickelungsgang, so thatsächlich in sich und durch sich
selbst unterschieden und abgeschlossen. Auch hier bethätigt und
bewährt die Eintheilung ihre begriffsgemässe Gesetzlichkeit: das
Eine, Ganze, neben und mit seinen zwei Theilen selbst als den
dritten, übrig gebliebenen Theil zu unterscheiden, diesem Theile
aber, der die andern zwei für sich seienden Theile zugleich in
seiner Weise vermittelt in sich enthält, die Bedeutung und
Vertretung des Einen, Ganzen vorzubehalten. Daher Wissenschaft, Kunst und das Leben selbst in seiner Bethätigung und
Gestaltung in Familie, Kirche und Staat, worin zugleich Wissenschaft und Kunst verwirklicht erscheinen, als die drei die Weisheit des menschlichen Lebens kennzeichnenden und erfüllenden
Ideen sich herausstellen, durch welche überhaupt die Tragweite
des menschlichen Geistes im Grossen und Ganzen bestimmt und
erschöpft wird. Die Wissenschaft selbst scheidet sich von der
Kunst ab und weiset sich ihren Platz im Leben an.

Und wie nach Aussen hin von einem Andern ab- und
einem Dritten zugetheilt, so muss sich die Wissenschaft selbst
eintheilen, sie muss sich als dieses nach Aussen hin abgegrenzte

Eine in die Unterschiede seiner Theile auseinandersetzen, um sich als einheitliches Ganzes kennen zu lernen. Natürlich, dass auch hier wieder der Begriff für den Eintheilungsgrund einsteht, ja indem er in seiner vorbereitenden Entwickelung als Vorstellung und Gedanke von sich weiss, damit bereits der Wissenschaft die Eintheilungsglieder in ihren wesentlichen Unterschieden vorschreibt: die Eintheilung der Wissenschaft als Erfahrungswissenschaft, exacte Wissenschaft und Begriffswissenschaft, als diesen Unterschied aller Wissensthätigkeit. Und in der That führt alle Wissenschaft endgültig auf Erfahrung zurück, bewegt sich der Geist in der Erfahrungswissenschaft auf der frühesten Stufe seiner wesentlichen Bestimmtheit, auf der des Bewusstseins, das von der Sinnlichkeit ausgeht, in seiner Uebersinnlichkeit zur Vorstellung, als zu dem Höhenpunkte seiner Entwickelung vorschreitet, dem es auch als Selbstbewusstsein wesentlich treu bleibt. Ihr Wissen ist das Erkennen, das von Haus aus mit dem Benennen des Vorgestellten zusammenfällt; ihre schöpferische Thätigkeit höchstens ein Denken, das auf die unmittelbare Auseinandersetzung des Vorgestellten beschränkt bleibt. Daher sich Erfahrungswissenschaften eigentlich als Erkenntnisswissenschaften herausstellen, indem Erkenntniss erst als das unmittelbare Ergebniss der Vorstellung sich einführt, die Vorstellung aber diese Entwickelungsstufe der Wissenschaft wesentlich kennzeichnet und vorwiegend für sie den Inhalt hergibt. Dass sich nun mit der Erhebung der Wissenschaft zu den sogenannten exacten Wissenschaften ein wesentlicher Fortschritt ihrer Wissenentwickelung vollzieht, ist richtig. Statt wie früher in der Empfindung und Wahrnehmung, wurzelt sie nunmehr in der Vorstellung und gibt sich als ein sprachlich vermittelt mit sich fertiges Denken zu erkennen, dessen Wissen auf ein unmittelbares Begreifen hinausläuft. Daher exacte Wissenschaften als Denkwissenschaften bestimmt werden sollten, als in unmittelbar herausgesetzten Begriffen schaffende, denkende Wissenschaften, welche ihre Lehrsätze zwar den Denkgesetzen gemäss aufstellen und auseinander setzen, aber ihrer sonstigen Unmittelbarkeit wegen sich für die Darlegung ihrer Denknothwendigkeit mit dem Beweise per absurdum begnügen müssen. Erst als Begriffswissenschaft kommt die Wissenschaft zu sich selbst, ist sie Wissenschaft κατ' ἐξοχήν, eigentliche Wissenschaft, welche nicht bloss Wissen schafft, sondern auch von der in ihrer Begriffsgemässheit schöpferischen Denkthätigkeit weiss, Wissenschaft, die im Begriffe denken, dieses ihr Wissen beweisen und damit Wahrheit lehrt. Während der Begriff in den Erkenntniss- und Denkwissenschaften von Aussen her eingreift, das erkennende und denkende Ich an die Stelle des Begriffes tritt; übernimmt der Begriff in seiner Wissenschaft selbst das Wort, bestimmt sich, setzt sich auseinander und nimmt sich endgültig zusammen, damit das schöpferische Wissen selbst. Geradezu begrifflos sind daher die Erkenntniss- und Denkwissenschaften wohl nicht, nur wissen sie nichts vom Begriffe, während die Begriffswissenschaft in ihrem eigenen Entwickelungsgange als Erkenntniss- und Denkwissenschaft sehr wohl von sich weiss.

In der That ist es daher wieder der Begriff, welcher die Wissenschaft zu einem einheitlichen Ganzen abschliesst und ihr damit erst zur vollen Geltung ihrer Bestimmtheit verhilft. Wie jeder Begriff in seinem Schlusse, wie Schlussbegriffe unter einander, Schlussfolgerungen und damit zusammenhängende Beweise, eben so bildet die Wissenschaft eine in sich unterschiedene, alle ihre Unterschiede zusammengreifende Einheit, als welche sie sich bereits durch die Art und Weise ihrer Wissensentwickelung einführt: von dem einen ursprünglichen Grund und Wesen ihres Bewusstseins auszugehen, von da aus aber ohne Unterbrechung Schritt für Schritt im Denken zu jenem Höhenpunkte vorzudringen, der mit der Idealität des Begriffes zugleich seine Unerreichbarkeit und damit trotz aller früheren oder späteren Erweisbarkeit das Ende seiner Wissbarkeit bekennt. Eine ursprünglich apriorische Offenbarung des Geistes, welche das aposteriori begründete Wissen in Betreff dieser seiner Ursprünglichkeit ergänzen sollte, fällt als begriffswidrig und unwissenschaftlich von selbst weg, damit aber freilich zugleich die Vorstellung des naiven Bewusstseins, als ob das seinem Ausgangspunkt entsprungene Wissen, Glied an Glied reihend, gleichsam nach der Schnur ablaufen müsste. Denn geht aus einem Schlussbegriffe ein zweiter hervor, so bleiben ja diese zwei keineswegs ohne

wechselseitige Beziehung, einen sich vielmehr wieder zu einem
gemeinsamen Schlussbegriffe, und so fort immer wieder weiter
zwei, zwar für sich bestehende, gleichwohl aber auf einander
bezogene Begriffe, so dass jeder Schlussbegriff immer wieder
den Inhalt des Wissens neuerdings zusammen nimmt, bis
endlich, zwar nicht der letzte Schlussbegriff alles Wissens,
der gar nicht zu erreichen ist, aber doch ein dem jeweiligen Standpunkte und Entwickelungsfortschritte der Wissenschaft entsprechender Abschluss dem Wissen selbst ein Ziel
setzt. Wie die Wissenschaft daher von einem bestimmten Begriffe ausgeht und ihre ganze Ausführung von demselben einen
Begriffe beherrscht weiss: so wird sie auch diesen einen Begriff
als ihr Ergebniss einzuführen und damit sich selbst im Abschluss
ihrer einheitlichen Entwickelung zu behaupten wissen. Das aber,
was durch das Wissen heraus kommt, kann begründet und vermittelt nur am Ende seiner Darstellung stehen; das was in
scharfer und knapper Bestimmung zusammengefasst wird, muss
bereits in seiner ganzen Breite herausgesetzt sein. Nur der
Schlusssatz wird es daher vermögen, das jeweilige Ergebniss
des Wissens auszusprechen, nur er befähigt sein, der Wissenschaft durch den endgültigen Schlussbegriff Namen und Titel zu
geben.

Indem sich aber die Wissenschaft als ein durch den Begriff
umschriebenes, begriffsgemäss in sich gegliedertes, begriffs-
einheitliches Ganzes weiss, bestimmt es damit Umfang und
Ziel (das System) des Wissens. Der Begriff selbst ist wie
der Grund und das Wesen, wie die Art und Weise, eben so
der Umfang und das Ziel des Wissens, die endgültige Form aber
des Begriffes und des Wissens die Begriffswissenschaft.

Diese nun in Betreff des ihr zu Grunde gelegten Inhaltes
bestimmen und auseinandersetzen, heisst sie bereits ihrer Verwirklichung zuführen.

Die Wissenschaft als der eine Hauptantheil des menschlichen Lebens ergibt sich zugleich als das eine Hauptmittel,
durch welches das Leben selbst seinen Zweck erreicht. Als einheitliches Ganzes alles Wissens hat aber die Wissenschaft Alles
zu wissen, was überhaupt im Leben und vom Leben zu wissen

ist, im Grunde also das Leben selbst als den vollgültigen Inbegriff und die endgültige Bestimmtheit alles Wissbaren. Daher
es die Wissenschaft im Grossen und Ganzen vor Allem als
Wissenschaft des Lebens bekennen, daher es den Begriff des
Lebens, wie als den unmittelbar ersten, eben so als den höchsten
und letzten Begriff für die Begriffsbestimmung alles Wissens anerkennen heisst. Auf jeder Entwickelungsstufe, sei es auf der
einzelnsten und besondersten, oder auf der allgemeinsten, ist
und bleibt die Wissenschaft am Ende ein durch den Lebensinhalt bestimmtes Wissen, ist und bleibt sie die eine Form des
Lebens, in welche das Leben selbst, so nach der einen Richtung
wesentlich bestimmt, vollinhaltlich aufgeht.

Indessen, der Begriff des Lebens wird in seiner ununter-
schiedenen Einheit eben so wenig zu wissen sein, als irgend ein
anderer, in seinem Urtheile noch dahin gestellter Begriff; das
Leben im Ganzen, ohne es in seine Theile zu unterscheiden, eben
so wenig zu begreifen sein, als irgend ein anderes Ganzes. Auch
lässt ja das Leben selbst in jeder Entwickelungsstufe seinen
Wesensunterschied immer wieder eines Theils als materiellen,
andererseits als geistigen Antheil hervortreten; es kommen
Materie und Geist von jeher unter der mannigfaltigsten Form
als die zwei Unterschiede jeder Lebensstufe und des Lebens
überhaupt zur Geltung. Als Theil des Lebens aber selbst lebensvoll führt sich die Materie als Natur, der Geist dagegen als
menschlicher Geist ein: die Natur als Materie und Geist, dieser
als Kraft bestimmt; der menschliche Geist einerseits als leiblich
vermittelter, andererseits als ideeller Geist. Wie sich aber das
Leben selbst in seinem wesentlich kennzeichnenden und er-
schöpfenden Unterschied zunächst als Natur und Geist zu erkennen gibt: so wird sich auch die den ganzen Lebensinhalt
umfassende Wissenschaft in ihrem wesentlichen Unterschiede
als Naturwissenschaft und Wissenschaft des Geistes
bestimmen müssen.

Indem aber die Wissenschaft, welche diese aus dem einheitlichen Lebensprocesse herausgesetzten Begriffe der Natur
und des Geistes im Lebensbegriffe vermittelt enthalten weiss, ihr
Wissen von der Natur und vom Geiste im Leben selbst als

bethätigt und verwirklicht erweist, erhebt sie sich damit eben zur Lebensweisheit als zum dritten, die früheren zwei einigenden Theile der ganzen Begriffswissenschaft. Die Wissenschaft besteht nicht bloss im Wissenschaffen, sondern eben so sehr im Schaffen des Wissens, wie es sich in seinem Leben als schöpferisch bewährt; das Wissen selbst wird werkthätig, praktisch und nimmt Sein und Art der Weisheit auf sich; die Begriffswissenschaft begreift nicht bloss das Leben, sie sucht ihren Begriffen im Leben auch Geltung zu verschaffen.

Naturwissenschaft, Wissenschaft des Geistes und Lebensweisheit — das sind also die drei Haupttheile, welche durch die auf den Begriff gegründete Eintheilung Umfang und Ziel der Begriffswissenschaft vollgültig bestimmen, und die auch wieder, jeder selbst für sich, so begriffsgemäss sich auseinander setzen lassen: die Naturwissenschaft als Wissenschaft von der Materie und Kraft, welche Theile sie als Wissenschaft der Natur im engeren Sinne in den Naturelementen, den Naturgesetzen und den drei Naturreichen lebensvoll vermittelt darstellt; die Wissenschaft des Geistes, indem sie sich aus der Wissenschaft des Bewusstseins zu ihrer eigenen vorgeschrittenen Besonderheit erhebt, sodann aber sich selbst sammt der Wissenschaft des Bewusstseins in die wissenschaftliche Seelenlehre aufhebt; endlich die Lebensweisheit als Welt- und Gottesweisheit, welche Theile sie in der Weisheit des menschlichen Lebens als bethätigt erweist.

In diesem Systeme der Begriffswissenschaft finden aber alle Theile der Wissenschaft Platz, in diesem $\varkappa\acute{o}\sigma\mu o\varsigma$ $\nu o\eta\tau\grave{o}\varsigma$ alle ihre entsprechende Stätte, welche auf den Namen und die Bedeutung einer philosophischen Wissenschaft Anspruch machen. Wissenschaften, welche der Bestimmung dieser Eintheilungsglieder widerstreiten, sich in keinem dieser Theile vollinhaltlich unterbringen lassen, erregen schon dadurch den Verdacht in Betreff ihrer Begriffsgemässheit wider sich, wie z. B. die Metaphysik, deren halb naturwissenschaftlichen, halb einem an und für sich seienden Denken entnommenen Inhalt bereits Hegel in Naturwissenschaft und Logik aufzulösen versuchte. Natürlich gehört die Logik selbst und eben so Psychologie in die Wissenschaft des Geistes. Dagegen finden in der Lebensweisheit, in dieser

erst im Werden begriffenen Wissenschaft, alle Wissenschafts-
zweige ihre Stätte, welche die praktischen Aufgaben des menschlichen Lebens in ihrer begriffsgemässen Bestimmtheit betreffen.

Und selbstverständlich dass auch jede besondere Begriffswissenschaft an der Selbstbewegung des Begriffes und damit an
der Dreitheilung festzuhalten, jede zunächst sich in dem einerseits ihre Natürlichkeit, andererseits ihre Geistigkeit bestimmenden Wesensunterschiede, diese ihre Theile aber in einem lebensvollen Dritten einheitlich vermittelt und so eigenthümlich vorgeschritten darzustellen habe. Ja jeder Begriff muss sich auf
diese Weise im Urtheile entzweit auseinanderzusetzen und diese
seine Urtheilsbegriffe in Schlussbegriffe geeint herauszusetzen
wissen.

Vor Allem wird daher die Begriffswissenschaft überall und
jederzeit vom Begriffe ausgehen, es wird die Vorstellung von
jedem Antheil an der Begriffsbestimmung ein für allemal aus-
geschlossen bleiben müssen. Begriff und Vorstellung aber mit
einander verwechseln, hiesse sich wider die ersten Anfangsgründe
der Wissenchaft versündigen, hiesse sich jeder wahrhaft wissenschaftlichen Entwickelung im Vorhinein begeben. Der Begriff allein ist es, welcher den Gedanken bändigt.

Lightning Source UK Ltd.
Milton Keynes UK
UKHW040925180822
407466UK00002BA/106